~~Doullové~~

For M. de Montbron.

Ve

9398

LA
HENRIADE
TRAVESTIE,
EN VERS BURLESQUES.

Honi ſoit qui mal y penſe.

A BERLIN,
AUX DÉPENS DU PUBLIC.
M. DCC. LI.

AVANT-PROPOS,

AVERTISSEMENT,

Ou tout ce qu'on voudra.

*L*Es Préfaces font ſi décriées, & on les lit ſi peu, que je crois ſervir la pareſſe du Public, & la mienne, en me diſpenſant d'en faire une. J'aime mieux lui laiſſer la liberté de me rendre juſtice, que de chercher à ſurprendre ſes ſuffrages comme font preſque toujours infructueuſement les faiſeurs d'Avant-propos. Qu'on me juge, mais ſans partialité, & qu'il me ſoit permis de récuſer ces Ariſtarques modernes, qui ont uſurpé le droit de déprimer les talents, & ne reconnoiſſent

*

pour

AVANT-PROPOS.

pour bon que ce qui a été décidé tel à leur Tribunal, où l'envie & l'intérêt pefent tout au poids de l'iniquité.

J'ofe me flâter que Monfieur de Voltaire ne me fçaura point mauvais gré d'avoir mis fon Poëme en vers burlefques. Ce n'eft pas faire injure au premier Poëte Français, que de le traiter comme on a fait le Prince des Poëtes Latins. J'avouë que Scarron avoit des talents que je n'ai pas, & qu'il étoit en quelque forte digne de l'original, qu'il a fi grotefquement défiguré : mais quand Virgile eût été plus mal travefti, fa réputation n'en feroit pas moins ce qu'elle eft. De même, quel que puiffe être le fuccès de cet ouvrage, Monfieur de Voltaire n'en fera pas moins parmi nous l'honneur des Lettres & de la Poëfie.

LA

LA
HENRIADE
TRAVESTIE.

❖❖❖❖❖❖❖❖❖❖❖❖❖❖❖❖❖❖

CHANT PREMIER.

JE chante ce fier Compagnon,
Petit de taille, grand de nom,
Qui régna par droit de chévance,
Et par droit de conquête en France :
Qui profita de son malheur
Pour gouverner en bon Seigneur ;
Confondit Mayenne & la Ligue,
Et fit à l'Espagnol la figue.

Toi que trahiſſent les Normands , *
Déïté qui jamais ne ments :
Dévoile-nous tout ce myſtére ,
Comme tu l'as fait à Voltaire ;
Et que la Fable à tes diſcours
Prête de burleſques atours.
Défunt Valois régnoit encore ;
Mais comme une franche Pécore ,
Le cagnard laiſſoit à vau-l'eau
Lâchement voguer ſon bâteau.
Ce n'étoit plus ce fier Gendarme
Qui répandoit par-tout l'allarme ,
Quand il alloit à l'Ennemi
S'eſcrimant en diable & demi :
Ce n'étoit plus ce Gentilhomme ,
Semblable aux vieux ſoudards de Rome ,
Dont les Polonois enchantés ,
Voulurent être régentés.
Tel en ſecond ſouvent excelle ,
Qui Chef n'eſt qu'un Jean de Nivelle ,
D'intrépide & brave ſoldat ,
Il devint piétre Potentat.
Sauf ſon reſpect , le Nicodême
Roupilloit ſous ſon Diadême ,

Tandis

* La Vérité.

Tandis que régnoient en son nom
Quatre Précurseurs de Chausson ; *
Car il étoit, dit la Chronique,
Sujet au vice Anti-physique.
Messieurs de Guise cependant
Tramoient la Ligue sourdement :
Ligue plus funeste au Royaume
Que ne fut jadis à Sodôme
Le feu qui grilla tant de gens,
Excepté Loth & ses Enfans.
Le Peuple armé contre son Prince
Le fit partir pour la Province,
Et les Etrangers dans Paris
En sa place furent admis.

Or tout alloit de mal en pire
Lorsque Bourbon, ce maître Sire
Dont on vante tant les exploits,
Vint rendre l'espoir à Valois.
Ils marchérent vers la Courtille,
Ce qui fit trembler la Castille,
Et le Saint-Pere de façon,
Qu'il en gâta son caleçon.

A 2   Dans

* C'étoient les Mignons de Henri III. *Volt. Re-marques de Quélus, &c.*

Dans Paris, Madame Difcorde,
Fémelle fans miféricorde,
Excitoit chacun au combat,
Homme d'épée, homme à rabat;
Et des hauts clochers de la Ville
Appelloit Meffieurs de Séville.

Lors le pauvre Valois étoit
Près Saint Denis qui recrutoit,
Payens, Huguenots, Hérétiques,
Bons Chrétiens, mauvais Catholiques;
Tous, pour l'amour de leur Pays,
D'ennemis devenus amis.
Le preux Bourbon devant eux marche
Plus abfolu qu'un Patriarche,
Tandis que Monfieur Saint Louis,
D'un des crénaux du Paradis,
Avec fa lunette-d'approche,
Regards paternels lui décoche.
Il favoit, le brave lorgneur,
Qu'aux fiens Henri feroit honneur;
Mais il lui fâchoit qu'à la Meffe
Il n'allât, non plus qu'à Confeffe.
Son deffein étoit cependant
D'en faire plus qu'un Préfident;

Il vouloit même, entr'autres chofes,
Lui découvrir le pot aux rofes.
C'eft-à-dire, à propos de quoi,
L'efprit doit céder à la foi ;
Entreprife épineufe en diable.....
Mais Saint Louis étoit capable
Plus qu'aucun Curé qui fut onc.
De fon obfervatoire donc,
Il fervoit à Bourbon de guide,
Et le couvroit de fon Egide,
Sans néanmoins qu'il en fût rien,
Car cela n'eût pas été bien.

Déja dans plufieurs efcarmouches,
On avoit vuidé fes cartouches ;
Et de Paris jufqu'aux deux Mers,
On avoit fait maints cris amers
Quand Valois, qui favoit fa langue,
A Bourbon fit cette harangue.
Avouez, mon cher Compagnon,
Que nous avons bien du guignon.
De ma Maifon on me déloge ;
Et vous, qu'à bon droit je fubroge,
Pour me remplacer tôt ou tard,
On vous traite comme un bâtard.

Le Saint-Pere au diable vous donne,
Sans prendre confeil de perfonne.
Il envoye outre ce chez nous
Les Efpagnols manger nos chous.
De tous côtés on nous attaque :
Bref, chacun nous tourne cafaque.
Vous favez quels font les Anglais ;
Parleu, Coufin ! appellons-les.
Ils ont la plus digne des Reines,
Allez l'inftruire de nos peines ;
Le Coche partira demain :
Profitez-en, s'il n'eft pas plein ;
Oubien par les Chaffes-marée,
Décampez dès cette foirée :
L'argent eft bon à ménager
Lorfque l'on va chez l'Etranger.
Ne blâmez rien en Angleterre,
Louez jufqu'aux pommes de terre
Que l'on y mange par ragoût.
N'allez pas leur dire fur-tout
Que Paris foit plus grand que Londre,
Car ils feroient gens à vous tondre ;
Et puis quand vous feriez tondu,
Chacun vous cracheroit au cû.
Suffit : Vous êtes homme fage :

Adieu;

Adieu; faites votre meſſage.
Il dit; & le Papa Bourbon,
Qui ſe croyoit ſeul aſſez bon
Pour réduire l'Eſpagne & Rome,
Rénioit tout bas, Dieu ſait comme:
Lui qui naguére ſecondé
Du brave Prince de Condé,
Aux Ligueurs tailloit des croupiéres,
Et leur donnoit les étriviéres.
Enfin, il cacha ſon dépit
Du mieux qu'il put, & déguerpit.
Les Soldats pleurent ſon abſence,
N'ayant qu'en lui ſeul confiance.
Cependant on croit à Paris
Qu'il eſt toujours dans le Pays.
A ſon défaut, ſa renommée
Des Ligueurs fait trembler l'armée.

Ils ſont déja loin de Poiſſi, *
Le Chef des Huguenots & lui :
Chef qui ſe feroit pour ſa Secte
Fait écraſer comme un inſecte.
Henri l'aimoit de tout ſon cœur,
Parce qu'il n'étoit point flâteur,

A 4   Fi

* Du Pleſſis-Mornay.

Et qu'on l'eftimoit honnête-homme ,
Même jufqu'à la Cour de Rome.
Bref , pour n'être point trop diffus ,
A Dieppe les voilà rendus.
Lors le double traître d'Eole
Retenoit les Vents dans fa Géole ,
Et ne lâchoit qu'un feul Zéphir
Qui fouffloit à faire plaifir :
Mais à peine a-t-on levé l'ancre
Que le Ciel fe barbouille d'encre.
Borhée , & fon frére Aquilon ,
Font un terrible carillon.
Sur les flots élevés en butes ,
Les Marfouins font mille culbutes.
Il tonne , il grêle , & qui pis eft ,
Le Nautier dit fon chapelet.
Henri , dans ce danger extrême ,
Avale une tarte à la crême ,
Auffi réfolu que Céfar ,
Qui courant femblable hazard
Sur fon bord danfa la gavote
Pour encourager fon Pilote.

Au même moment le bon Dieu ,
Affis fur un nuage bleu ,

Ordon-

Ordonne à la Mer de conduire
Au Port de Jersey le Navire ;
Et c'est-là, grace à sa bonté,
Que notre Héros fut jetté.
A quelques cens pas du rivage,
On trouve un sombre & verd bocage.
Un roc lui sert de paravent
Contre la marée & le vent.
Tout auprès est une caverne
Plus noire que le sombre Averne.
Un bon vieillard, dans ce réduit,
Par inspiration conduit,
Pour ses péchés & pour les nôtres,
Offroit au Ciel ses patenôtres,
Et de cent coups de martinet
Chaque jour se moriginoit,
En attendant la récompense
Qu'aux bonnes œuvres Dieu dispense.
Le Béat qui, de son taudit,
Avoit commerce en Paradis,
Reconnut Henri Quatriéme,
Quoiqu'il n'eût pas de Diadême.
Il lui présenta du pain bis,
Avec un doigt de rossolis.
La chére étoit un peu frugale

Pour une Perſonne Royale ;
Mais quand le compére avoit faim ,
C'étoit une gorge à tout grain.

Après qu'on eut plié la nape ,
On ſe mit à parler du Pape ,
Et du point , ſouvent conteſté ,
De ſon infaillibilité.
Mornay très-zèlé Calviniſte ,
Ergo , du Pape Antagoniſte ,
Donnoit au diable le Prêcheur
Et ſon bénévole Auditeur ,
Qui d'abjurer ſon héréſie
Sentoit une ſecrette envie.
Ventre ſaint gris , diſoit le Roi ,
Si j'avois pour deux liards de foi…
Vous en aurez , lui dit l'Hermite :
Faites uſage d'eau-benite ;
Dites auſſi , *Neſcio vos*
A vos coquins de Huguenots ;
Car Dieu , qui par ma voix s'explique ,
Veut que vous ſoyez Catholique ,
Sans quoi le Trône des Français
Vous eſt interdit pour jamais.
Sur toutes choſes , je vous prie ,

Un peu moins de galanterie.
Je fais qu'après un cotillon
Vous courez comme un postillon ,
Ce qui n'est pas des plus honnêtes
Pour un Monsieur tel que vous êtes.
Enfin , quand vous ferez vainqueur
De la Ligue & de votre cœur ;
Quand pour ravitailler Lutéce *
Vous aurez épuisé Gonesse,
Les calamités cesseront ,
Et vos yeux se dessilleront.
Chaque parole qu'il profére
Poind Bourbon jusqu'au Mésantére.
Il se croit dans le Paradis
Où demeuroit Adam jadis ,
Où le bon Dieu parloit aux hommes
Avant qu'ils mangeassent des pommes.
Maudit puisse être le gourmand
Qui le premier y mit la dent !
Car , comme on voit dans la Genèse ,
Nous serions tretous à notre aise ,
Vivant à bouche que veux-tu ,
Au soleil nous gratant le cû ,
Sans que qui que ce pourroit être

Osât

* Paris.

Osât jamais le nez y mettre.

Au Vieillard, les larmes aux yeux,
Le preux Henri fait ses adieux.
Et tôt après, je ne sai comme,
Il eut moins de haine pour Rome.
Mornay, de sa Secte entiché,
Parut surpris, mais non touché.
Dieu, selon Monsieur de Voltaire,
Vouloit lui cacher sa lumiére.
Que cela soit, ou ne soit point,
Je n'insiste pas sur ce point.
Tandis qu'on s'embrasse & rembrasse,
L'Aquilon aux Zéphirs fait place ;
Le Soleil quitte son manteau,
L'Alcion reparoît sur l'eau ;
Et Bourbon à la fin prend terre
Sur les rives de l'Angleterre.
L'heureux changement de l'Etat
Etonne notre Potentat.
Il ne peut concevoir qu'une Isle,
Qui n'a jamais été tranquille,
Laquelle a déposé cent Rois
Au mépris des plus sages Loix,
Par une Femme gouvernée,

S'applau-

S'applaudit de sa destinée.
C'étoit la Reine Elizabeth
Qui ce grand miracle opéroit.
Elle méne l'Europe entiére
Comme un enfant par la lisiére.
Ses Peuples régorgent d'écus
Ni plus ni moins que des Crésus :
Pour les gagner , bravant les ondes ,
Ils vont chercher de nouveaux Mondes :
Ils iroient au diable d'enfer ,
S'ils y pouvoient aller par mer.

    Londre est une très-grande Ville,
Dont la canaille est peu civile ,
Ce qui fait que par fois les gens
Reviennent chez eux sans leurs dents ,
Les mentibules détachées
Et les orreilles arrachées.
A cela après , c'est un Pays
Qui , comme on dit , vaut bien son prix.
Le Commerçant & le Soudrille ,
Le Docte , en un mot , tout y brille.
Je pourrois du Gouvernement
Dire quelque chose en passant ;

                  Mais

Mais le ſérieux m'embarraſſe,
Et ce n'eſt point ici ſa place.

  Pour couper court, Sa Majeſté
Arrive dans cette Cité
Dont la Tour eſt ſi renommée,
Qu'on en parle juſqu'en Chrimée,
Juſqu'à la Cochinchine auſſi ;
C'eſt-à-dire, bien loin d'ici.

  Le Héros va trouver la Reine
En vieux pourpoint de tiretaine,
Un de ſes bas rapetaſſé,
Et ſon haut-de-chauſſes percé ;
De façon que ſans chemiſe,
On pouvoit voir ſa marchandiſe.
Il parle, ainſi qu'un Avocat,
Des preſſans beſoins de l'Etat,
Et découvre ſa grandeur d'ame,
Même aux piés de la bonne Dame.
Comment, dit-elle, ce Valois
Qui vouloit vous pendre autrefois ;
Cet homme à ma Cour vous envoye,
Et pour le ſervir vous employe ?

Oui,

Oui, dit-il, j'ai pitié de lui ;
Il me demande mon appui :
A tout péché miféricorde ,
Franchement j'aime la concorde.
Puifqu'enfin il eft repentant ,
C'en eft affez , je fuis content.
Mais laiffons-là le pauvre haire ,
Et revenons à notre affaire.

Oh ! dit la Reine en fouriant ,
Vous me ferez auparavant
Le recit des maux de la France.
J'en ai lû quelque circonftance
Dans les nouvelles à la main ;
Mais on n'y voit rien de certain.
J'attens de votre complaifance
Que vous m'en donniez connoiffance.
Ah ! vous renouvellez mon deuil ,
Reprit Bourbon la larme à l'œuil.
Que ne puis-je de ma mémoire
Bannir cette cruelle hiftoire ,
Et tous les crimes inouïs
Que ma parentelle a commis !
Mais vous l'avez dans la cervelle ,

IJ

Il faut donc que je vous révèle
Ces myſtéres d'iniquité.
Soit : je dirai la vérité.
Qu'au moins rien ne vous déconcerte,
Car je parle la bouche ouverte.

Fin du Chant premier.

CHANT

CHANT SECOND.

REINE, nous devons tous nos maux
Aux Hipocrites, aux Cagots.
C'est pour la Foi que chacun s'arme
Et que l'on fait tant de vacarme :
Lequel a droit des deux partis,
C'est le cadet de mes soucis.
Qu'entre ceux de Génève & Rome,
L'on se chamaille, l'on s'assomme,
J'y donne mon consentement,
Et ne m'en mêle nullement.
Brair de ces prétendus Apôtres,
Je m'en tiens à mes patenôtres.
Si la Cour eût fait comme moi,
Chacun seroit paisible & coi.
Mais les Guises, sans conscience,
Voulant se faire Rois de France,
Firent entrer dans leurs desseins
Le bon Dieu, la Vierge & les Saints.
Le Peuple, animé d'un faux-zèle,
Contre moi tira la guindrelle ; *

B   Et

* Terme d'argot, qui signifie épée.

Et dans ce chien de chamaillis.
Bien des Bourgeois furent occis.
Mais vous favez ce qu'en vaut l'aune :
Jadis ces beaux faifeurs de Prône,
Sans vos foins diligens , chez vous.
Mettoient tout fens-deffus-deffous.
Maintenant vous voilà tranquille ;
Tout eft paifible dans votre Ifle,
Que Madame de Médicis
N'a-t-elle pris de vos avis !
A propos de cette bonne ame ,
C'étoit la plus méchante femme
Et l'efprit le plus remuant
Que le diable eût fait en volant. . . . .
J'en puis parler mieux que perfonne ,
J'ai vécu chez cette Arcabonne
L'efpace environ de vingt ans ,
Et l'ai connue à mes dépens.
Son époux en fon plus bel âge
A paffé le fombre rivage :
On n'a jamais trop fû comment ,
On s'en eft douté feulement.
La carogne à fes enfans même
Envioit Sceptre & Diadême.
C'étoit un vrai tifon d'enfer ,

Une

Une Mégere, un Lucifer,
Lorsqu'un sien fils étant Monarque,
Vouloir seul conduire sa barque.
Sans cesse elle brouilloit les dez
Entre les Guises, les Condez;
Entre les Cousins & les Fréres,
Et les Cocus, & leurs Compéres:
Changeant d'avis & d'intérët,
Comme elle eût changé de bonnet:
Plus qu'une petite voluptuouse,
Extrêmement ambitieuse;
A sa secte ne croyant pas,
Et bonnement tournant le sas.
Baste, elle rassembloit en elle
Tous les défauts de la fémelle.
Ne vous fâchez point de ce mot,
Il n'est pas pour vous, tant s'en faut,
Car je jure par Sainte Barbe,
Qu'il ne vous manque que la barbe,
Et quelque chose avec encor,
Pour valoir votre pesant d'or.

François Deux, l'étoupe au derriére,
Gissoit déja près de son pere;
Pauvre enfant que Guise traitoit
Comme un sot, tout Roi qu'il étoit:

Char-

Charles tremblant fous Catherine,
Jufqu'à lâcher fon urine;
Etoit fon très-humble valet,
Et vouloit ce qu'elle vouloit.
Elle féma la zizanie
En tous lieux; & fon noir génie
Tant adroitement nous preffa,
Qu'à Dreux maintes peaux on laiffa.
Montmorency l'octogénaire
Quitta perruque en cette affaire,
Si pourtant perrruque il avoit;
Car je crois que l'ón fe fervoit
En ce tems pour couvrir la nuque,
De calotte, & non de perruque.
Près d'Orléans, Guife occis fut,
Comme on tue un liévre à l'affut. *
Mon pere, qui n'étoit qu'un claude,
Pour complaire à cette trigaude,
Déguaina contre fes amis,
Et mourut pour fes ennemis.
Mon oncle Condé, ce brave homme,
Dont les exploits tiendroient un tome,
Id eft, un Livre des plus gros
(Car il fut un fameux Héros)

En

* Affaffiné par Poltrot.

En faveur de la parentelle,
Voulut bien me prendre en tutelle.
J'étois encore si petit,
Que je faisois souvent au lit
Ce qu'une personne censée
Fait dans une chaise percée.
Malgré cette infirmité-là,
Avec lui Condé me trôla;
Et dans son camp, au lieu de bonne,
Pour me bercer commit Bellonne.
Jà de quatre piés j'étois haut,
Quand un franc coyon, un maraut,
Un chénapant, un homme à pendre,
A rouer, à réduire en cendre,
A crucifier, éventrer,
A tenailler, mordre & châtrer,
Traîtreusement, sans dire gare,
Envoïa mon Oncle au Tenare.
O champ de Jarnac ! champ maudit,
Qui n'abîma point ce bandit,
Puisses-tu jamais ne produire
Rien de bon à brûler ni cuire !
Après ce malheur, Coligny
Eut mon Mentor & mon appui.
Tredame, c'étoit un compére

Qui manioit une rapiére,
Un cimeterre, un espadon,
Mieux que le bréteur Sarpédon.
Aussi, Princesse, je l'avoue,
Si de mon adresse on me loue;
Si sous les coups que j'ai donnés,
Maint Bourgeois a perdu son nez,
C'est de Coligny, de lui-même,
Que je tiens ce talent suprême.

Médicis enfin se lassant
De combattre inutilement,
Retira toutes ses cohortes,
Et de Janus ferma les portes;
Ce qui veut dire, en bon Français,
Qu'avec nous elle fit la paix:
Mais ce fut, mort non de ma vie,
A la façon de Barbarie.
Coligny, dans la bonne-foi,
Jusqu'au Louvre vint avec moi.
La Reine affectant grande joïe,
Pour m'embrasser ses bras déploie,
Et de ses yeux, sur mon museau,
Laisse chéoir quatre gouttes d'eau;
Puis d'une maniére charmante
Mon Mentor elle complimente;

A quoi répond le bon Seigneur ,
Je fuis votre humble ferviteur.
Pour trouver phrafe tant honnête ,
Il ne fe grata point la tête :
Auffi le compére avoit-il
L'efprit extrêmement fubtil ,
Et plus encor qu'il ne l'annonce
Par cette agréable réponfe.

Mais voici bien du rabajois ;
J'époufe la fœur de Valois ;
Et le prémier jour de ma nôce ,
Maman meurt d'une mort précoce ;
Il ne faut pas rêver beaucoup
Pour foupçonner l'auteur du coup :
Médicis eft une commere
Qui.... mais chut , auffi-bien ma mere
N'en eft ni plus ni moins là-bas ,
Ou là-haut , il n'importe pas.
Cependant la méchante bête
Nous fait préparer une fête
Où maint Bourgeois décédera ,
Sans qu'on lui dife un *libera*.

Cette nuit fatale arrivée ,
Dont ma Secte s'eft mal trouvée ,

L'Amiral au lit étendu , *
Reposoit son *individu* ,
Et ronfloit comme la pédale
De l'orgue d'une Cathédrale.
Soudain un horrible sabat
Le fait sortir de son grabat.
Il met la tête à la fenêtre ,
Et voit des gibiers de Bicêtre.
Qui , sans rime ni sans raison ,
Mettent le feu dans sa maison;
Et d'une façon peu chrétienne
A ses gens percent la bédaine.
Puis du nom fameux de Gaspart * *
L'air retentit de toute part.
Le jeune Téligny son gendre ,
Sous son balcon vient l'ame rendre.
Que diable faire à tout ceci ,
Dit tout bas le preux Coligny ?
Je vois qu'à la fin de l'histoire ,
Il me faut passer l'onde noire :
Soit , *libera nos Domine* ,
M'y voilà tout déterminé.
Déja l'affassine cohorte

                         Heurte

* Coligny.
** Coligny.

Heurte rudement à fa porte :
Il ouvre avec cet air bénin,
Ou plûtôt cet air patelin
Qu'on emprunte afin de féduire
Les gens qui cherchent à nous nuire.
Meffieurs, dit-il, que voulez-vous?
A ces mots les voilà tretous
Plus muets que poiffon d'eau douce.
Chacun pourtant fon voifin pouffe,
Et l'excite à faire le coup;
Mais au diable qui s'y réfoud.
Celui-ci lui baife la patte,
Celui-là le léche & le gratte;
L'autre tombant à fes genoux,
Lui dit, Papa, pardonnez-nous.
Va, répond-il, la paix eft faite
Pourvû que vous faffiez retraite;
Car de repofer un petit
Je me fens encor appétit :
Il faut que j'en prenne ma dofe,
Ou demain je ferai tout chofe.
Adieu, Meffieurs, jufqu'au revoir,
Je vous fouhaite le bon foir.

Il alloit refermer fa porte,
Quand Befme, que le diable emporte,

Montant les dégrés trois à trois,
Quatre à quatre même je crois,
Leur crie, où courez-vous canailles ?
Coyons, plus coyons que des cailles,
Marauts, qui trahiſſez le Roi,
Venez prendre exemple de moi.
Auſſi-tôt il tire ſa dague,
Et ſur Coligny, zague, zague,
Il frape, le larron qu'il eſt,
Les yeux clos ſans voir ce qu'il fait,
Craignant que ſon auguſte face
Salir ſes chauſſes ne lui faſſe.

Bref, le vénérable Barbon
Fut acroché par le jambon
Sur un roc voiſin de Montmartre,
Plus haut que les clochers de Chartre,
Et ſon chef au Louvre porté
Pour récréer Sa Majeſté.

Après cette chienne de ſcène,
Qui ne fut ni belle, ni ſaine,
Des milliers de bons Citoyens,
Des grands, des petits, des moyens,
Furent mis en capilotade,
D'autres diſent en marmelade ;

Marme-

Marmelade foit , néanmoins
Ils n'en trépaflèrent pas moins.
Guife , pour venger fon cher pere ,
Plus animé qu'une vipére
Que l'on excite dans fon trou ,
Court , heurlant comme un loup-garou ;
Et frapant d'eftoc & de taille ,
A bien des gens gâte la taille.
Nevers , Gondy , Tavanne auffi ,
Les boute-feux de tout ceci ,
L'épée au poing , prêchent d'exemple ,
Par une occifion très-ample.
Finalement , dans tout Paris ,
Fréres , fœurs , femmes & maris ,
Sont par cette race maudite
Envoïés dormir au Cocite ;
Et pendant qu'on travaille ainfi ,
Les Prêtres font *xi xi xi xi* ,
Comme on fait aux chiens dans la rue ,
Lorfque l'un fur l'autre fe rue.
Malpefte , quels gens rufés !
Fiez-vous-y fi vous l'ofez.
Refnel & Pardaillan enfemble
(Ils étoient amis ce me femble)
Eurent auffi leurs paffe-ports

Pour aller vivre chez les morts ;
Et Guerchy , ce très-vaillant homme ,
Qui par douzaine les affomme
A coups de poing & de gourdin ,
Tomba mort avec Lavardin.
Les fiers Marfillac & Soubife ,
Courans comme le vent de bife ,
Vinrent chéoir fous les yeux du Roi ,
Criant on m'affaffine , à moi.

Mais Catherine , & le beau Sire ,
De leurs clameurs ne font que rire :
Ils leur font même le niquet ,
Ce qui n'eft pas un fort beau trait.
Ce n'eft pourtant point là le pire ,
Le Prince , que la rage infpire ,
Envoïe aux pauvres Huguenots ,
De fon moufquet , force lingots ;
Et Monfeigneur Henri - Troifiéme ,
A fes côtés faifant de même ,
Il eft cependant affez doux ,
Mais il heurloit avec les loups.

Plufieurs , fans tambour , ni trompette
Prirent la poudre d'efcampette :
Ils agirent en gens prudents ;

Car

Car ils n'auroient plus mal aux dents.
Caumont & sa progéniture
Dormoient sous même couverture;
On le dépêcha comme autrui,
Et l'un de ses fils avec lui.
L'autre, grace au large derriére,
De ce bon & malheureux pere,
Sous lequel il se retrancha,
D'aucun coup on ne le toucha.

Lors j'étois logé dans le Louvre
(J'eusse été beaucoup mieux à Douvre.)
Au bruit enfin qu'on fait chez moi,
Je m'éveille tout en émoi :
J'appelle mes valets, je sonne;
Mais du diable s'il vient personne:
Eh ! comment seroient-ils venus?
Ils avoient dit leurs *in manus.*

Après cet affreux tintamare,
Un coquin, de son jacquemare,
Sans respect, me coupoit le cou,
Si l'on n'eût arrêté le coup.
De fraïeur j'en eus la migraine
Au moins une bonne semaine.

Qui

Qui m'eût à l'inſtant approché,
Certes le nez ſe fût bouché.
Il faut pourtant que je confeſſe,
Que du plat des mains ſur la feſſe,
Je reçûs de ces forcénés
Vingt horions bien aſſénés.
C'étoit en occurence telle,
Une petite bagatelle,
Quoiqu'il ne fût pas bien décent
De feſſer homme de mon rang.

Cependant la bonne Princeſſe,
Que le diable ſouffle ſans ceſſe,
De ma perſonne s'aſſura,
Et par ſon ordre on me coffra.
Mais Votre Majeſté s'ennuie
D'entendre telle Litanie :
Ma foi, pour ne vous pas mentir,
Il me tarde auſſi de finir.
Vous ſaurez donc que Catherine
Par-tout fit jouer cette mine,
Où paſſèrent ſi mal leur tems
Tous nos amis les Proteſtans.

Fin du Chant ſecond.

CHANT

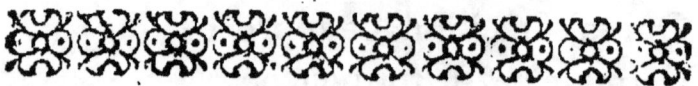

CHANT TROISIÉME.

L OR S QU E l'on fut bien las d'occire,
Le Peuple convertit son ire
En regrets & *pro defunctis*,
Il dit force *de profundis*.
Bien-tôt après, le Roi lui-même
De tristesse devint tout blême;
Et je gagerois un écu,
Qu'il leur eût soufflé dans le cû,
S'il eût pû par cet acte pie
Les rappeller tous à la vie.
Il fut pris du mal Siamois, *
Puis au bout de vingt-quatre mois,
Ce qui veut dire double année,
Il termina sa destinée.
J'étois présent quand il mourut :
O mon Dieu, comme il me parut !
J'en eus le frisson. Notre-Dame !
Qu'on est vilain quand on rend l'ame !
Il rouloit de gros yeux ardents,

Et

* Sueur de sang.

Et nous morguoit grinçant les dents,
De même qu'un damné qui souffre
Dans l'huile bouillante & le soufre.
Or donc, mon cousin Charles-Neuf,
Lequel étoit encor bien neuf,
Autant par l'esprit que par l'âge,
Déguerpit enfin l'héritage.

Soudain Valois, du fonds du Nord,
Vint gaiment remplacer le mort.
Les Polonois à leur Couronne
Avoient proclamé sa personne,
Parce qu'en honnête garçon
Il manioit l'estramaçon ;
Et que sans faire le bravache,
Il abbatoit nez & moustache
A quiconque osoit contre lui
Tirer lame de son étui.
Cette tant belle renommée
S'est évaporée en fumée.
Dès que de sa succession
Valois fut en possession,
Il devint, excusez la phrase,
De bon soldat, un franc viédase.
Ses Favoris, dans sa maison,
Le retenant comme un oison,

Aux

Aux dépens de toute la France ,
S'engraiſſoient & faiſoient bombance ;
Et tout alloit , cahin , caha ,
Quand Guiſe au Peuple ſe montra,
Quoiqu'il eût balafre à la face,
Il n'avoit pas mauvaiſe grace ,
Et ſans ce défaut il eût fait
Un Gentilhomme très-parfait.
Sur toute choſe il étoit brave
Plus que ne fut Auguſte Octave,
Qui de ſes jours ne ſe battit ,
Et jamais ne s'en repentit.

Guiſe , pour engéoler ſon monde ,
Avoit ſcience très-profonde :
Il viſoit , le maître éveillé ,
A jouer au Roi dépouillé ;
C'eſt pourquoi de ſa courtoiſie
Il honoroit la Bourgeoiſie ;
Touchoit la main à celui-là ;
A celui-ci , comment vous va !
Sur les gifles baiſoit cet autre ,
Votre valet , & moi le vôtre.
Moyennant ce , le Balafré
D'un chacun étoit adoré.

Dès

Dès qu'il crut son pouvoir sans, bornes
Auſſi-tôt il montra les cornes ;
Cornes priſes figurément,
Car je ne ſai pas autrement
S'il étoit de la Confrairie
Dont on eſt quand on ſe marie.
Que cela ſoit ou ne ſoit pas ,
Ma foi les feſſes je m'en bas.
Il fit cette diable de Ligue
Qui nous donna bien de l'intrigue ,
Et nous donne encor aujourd'hui
Bien du grabuge & du ſouci.

Valois , comme une franche outarde ,
S'amuſoit lors à la moutarde
Avec deux ou trois débauchés
Enclins à certains gros péchés
Qu'on punit du fagot en France ,
Et qu'on autoriſe à Florence.

Mons la Balafre * cependant
Plus reſpecté qu'un Intendant ,
Nous donnoit du fil à retordre ;
Mais Valois ne voulant pas mordre ,

Je

---

* Guiſe.

Je m'offris à mordre pour lui ;
Et j'allois prendre son parti,
Quand le double traître de Guise
Entre nous opposa l'Eglise,
Et fit faire défense au Roi
D'avoir nul commerce avec moi.
L'innocent craignant le Pontife,
Lequel étoit un vrai Caïfe,
Par complaisance m'envoïa
Faire lanlere : tant y a
Qu'à la parfin nous guerroïâmes,
Et de grand cœur nous nous gourmâmes.
Joyeuse, ce gentil mignon,
Des plaisirs du Roi compagnon,
Contre moi grillant de se battre,
Un membre ou deux comptoit m'abbattre.
Il se trompa : Vous le savez.
Non, dit la Reine, poursuivez :
Ce que j'en sai n'est pas grand'chose.
Faites-moi le recit, pour cause,
De ce fameux jour de Coutras
Où vous coupâtes tant de bras,
Tant d'oreilles & tant d'échines,
Tant de nez, tant d'autres machines :
Finalement, n'oubliez pas

Du

Du Sieur Joyeufe le trépas.
O ça, vîte, que l'on dégoife,
Ou finon par-de-là Pontoife.
Je vous.... Ah ! répondit Bourbon,
Tirant humblement le guibon,
Et jouant des doigts fur fon feutre,
Qui n'étoit pas celui d'un pleutre,
Princeffe, ne vous fâchez point,
Vous faurez tout de point en point.

Or écoutez-bien : Ce Joyeufe
Dont le fort vous rend curieufe,
Etoit un fort joli garçon,
Quoiqu'un peu puant le chauffon.
Le Roi l'aimoit plus que fa femme,
Ce-qui fâchoit la bonne Dame,
Si, qu'elle en fit à la maifon
Souventes fois beau carillon.
Elle auroit mieux fait de fe taire,
Et de l'en coëffer d'une paire,
Sans faire le femblant de rien,
Comme font les femmes de bien:
Mais elle n'étoit pas coëffeufe.
Pour revenir donc à Joyeufe,
Il étoit, ainfi que j'ai dit,

Joli

Joli garçon , sans contredit ;
Et si la mort , cette camuse,
Laquelle à nous haper s'amuse ,
N'eût point envoyé le giton
Au sombre mânoir de Pluton ,
Il eût peut-être égalé Guise
Avant d'avoir la barbe grise.
Entouré de jeunes Soldats
Montés sur de fringuans dadas ,
Nous vîmes ce beau Gentilhomme,
Plus fier qu'un Empereur de Rome ,
Caracolant , venir vers nous
Pour se faire rouer de coups.
Ils étoient en chemises blanches ,
Avec leurs habits des Dimanches ,
De beaux joyaux , des brasselets ,
Des fontanges à leurs colets ,
Et sur leurs flamboïantes lames ,
Les chifres dorés de leurs Dames.
Baste , ils parurent à Coutras
Aussi parés que le bœuf gras.
Nous autres en chemises sales ,
En pourpoints des piliers des hales ,
Montrant le cû de tout côté ,
Et marchant sur la chrétienté ,

Immo-

Immobiles comme des termes,
Nous les attendions de piés fermes.
Ils vinrent les pauvrets, hélas!
Se froter à nos coutelas.
Dieu fait de combien de bleſſures
Nous leur couvrïmes les freſſures,
Et combien ſur les déconfits
Mes Soldats firent de profits.

Cependant j'avois grande envie
Qu'à Joyeuſe on ſauvât la vie:
Je criois, ne le tuez pas,
Coupez-lui ſeulement un bras;
Mais à l'appétit de ſes nipes,
Ils lui firent ſortir les tripes,
Et mirent ſon corps ſi nu
Qu'en ce monde il étoit venu.
Ventre ſaint gris quelle victoire!
Qu'elle m'a cauſé de déboire!
Ceux qu'à l'ombre nous avons mis
Etoient nos couſins, nos amis.
Valois, après ce coup ſiniſtre,
Fut traité des ſiens comme un cuiſtre,
Comme un benêt, un innocent,
Un ſot, en un mot comme en cent.

Le

Le Seigneur de Guife au contraire,
Plus révéré qu'un reliquaire,
Idole du peuple Badaut,
Marchoit dans Paris le nez haut.
Il venoit de venger Joyeufe
D'une façon bien glorieufe.
Jefus ! quel chien de houlvari
Il caufa dedans Vimori,
Et dans Auneau contre nos Rêtres
Qu'il envoya voir leurs ancêtres.

Enfin, las de fes airs fandants,
Valois voulut montrer les dents,
Et châtier le téméraire ;
Mais il ne fit que de l'eau claire.
On fonne fur lui le tocfin,
Tout Bourgeois devient fantaffin ;
On dépouille Meffieurs fes Gardes
De leurs tranchantes hallebardes,
Puis on les renvoie au Palais
A coups de manches de balais,
Et mon très-honoré Beau-frére,
A coups de pié dans le derriére.
Il en fut quitte à bon marché ;
Car fi Guife un mot eût lâché,

Le pauvre Sire étoit de flandre ;
Mais la fuite il lui laiffa prendre,
Content de l'avoir fait courir
Et qu'il eût eu peur de mourir.
Guife, comme le dit Voltaire,
Attenta trop dans cette affaire,
Ou trop peu ; je le crois auffi,
Il fut trop ou trop peu hardi.
Cependant, aidé des Ibéres,
Des Romains & de fes deux fréres,
Adoré du peuple Français ;
En un mot, fier de fes fuccès,
Il crut fous le fale capuce
De Récolet ou Piquepuce,
Mettre le Roi dans un Couvent,
Comme nos Rois de ci-devant,
Qu'on couvroit d'un habit de Moine
Pour ufurper leur patrimoine,
Et qui de Princes étoient faits
De miférables Fréres lais.
C'eft pour fon nez que le four chauffe,
Aujourd'hui l'on n'eft pas fi goffe.

Dans ce tems-là, Monfieur Valois
Venoit de convoquer à Blois
Les Etats-Généraux de France.

Princeffe,

Princesse, vous savez, je pense,
Ce que c'étoient que ces Etats,
Et quels furent leurs résultats :
On y fit sermons patétiques
Touchant les miséres publiques ;
Et ces sermons qu'ont-ils produit ?
Rien autre chose que du bruit.
Guise, en croc, en vrai la tulipe,
Vint aux Etats fumant sa pipe,
Et sans défuler son bonnet,
Auprès du Roi s'affit tout net.
Quoi ! ce visage à chier contre,
Ce traître à ma barbe se montre,
Dit tout bas notre ami Valois
De rage se rongeant les doigts.
Sans doute il me prend pour un blaise ;
Ah ! palsembleu j'en suis bien aise.
Holà, Gardes-du-Corps, hola,
Eventrez-moi ce drole-là.
Il dit. *Subito* trente épées
Dans ses boudins furent trempées,
Guise encore après son décès,
Etoit plus fier qu'un Ecossais ;
Et sa figure de carême
Faisoit trembler Henri-Troisième.

Dès

Dès que ce bruit se répandit,
Dans tout Paris on n'entendit
Que désolations & plaintes
De filles & femmes enceintes,
De jouvençaux, de vieux paillards,
De pucelles & de cornards,
De robins, de soldats, de Moines,
De maquereaux & de Chanoines;
Enfin, de tout Parisien,
Soit fripon, soit homme de bien;
Car il étoit aimé, le Sire,
Cent fois plus qu'on ne sauroit dire.
Mons Mayenne, en drap de pagnon,
S'étant froté l'œil d'un oignon,
Amérement pleure son frére,
S'arrachant toute la criniére,
Et fait retentir de ses cris
Tous les carrefours de Paris.
Les Ligueurs, touchés de sa peine,
Le proclament leur Capitaine,
Ainsi qu'étoit le trépassé,
Qui requiescit in pace.
Le voilà consolé le drôle,
Il n'a pas mal joué son rôle.
Aussi c'est un maître calin,

Le

Le diable n'eſt pas plus malin.
Si feu Guiſe fut un grand homme,
Mayenne en eſt le ſecond tome ;
Et pour m'en rien dire de plus,
C'eſt , je crois , jus ver ou verjus.
Le jeune Chevalier d'Aumale ,
Garçon méchant comme la gale ,
Sous ſes étendarts nous pourſuit ,
Dont aſſez ſouvent il nous cuit.
Ce n'eſt pas tout : le Roi Philippe ,
Votre ennemi , nous prend en grippe ,
Protége Mayenne & les ſiens ,
Et nous traite comme des chiens :
En un mot , l'Evêque de Rome ,
Moins humain que le dernier homme
(Le diable puiſſe l'emporter)
Fournit verges pour nous fouetter.
Du Nord au Midi de l'Europe
Le guignon après nous galope.
Finalement , le pauvre Roi ,
Haï de tous , hormis de moi ,
M'écrivit de Tours en Touraine
Miſſive , de regrets ſi pleine ,
Et d'aſſurances d'amitié ,
Que j'ai tout grief oublié.

Sans aucun train , sans équipage ,
Je fus le voir , suivi d'un Page.
Nous nous léchâmes nos morveaux ,
Pleurant tous deux comme des veaux ,
De nos pleurs inondant nos fraises
Tant de nous voir nous étions aises.
Après les premiers complimens ,
Et deux cens trente embrassemens ;
Après avoir mangé trois tranches
De la plus dure des éclanches
Et bû six coups de Bourguignon
Qui sentoit un peu le bouchon ,
Je lui dis , ça parlons d'affaire ;
Mais , non , il n'est pas nécessaire ,
Sans perdre tems en pourparler ,
D'ici songeons à détaler.
Allons à Paris , vîte & preste ,
Il faut jouer de votre reste.
Mon sentiment fut approuvé ,
Et Valois s'en est bien trouvé.

    Ainsi Bourbon fit sa harangue ,
Je ne sçai pas en quelle langue ;
Si ce ne fut point en Français ,
Ce fut peut-être en Béarnais ;

                              Car

Car nul n'en ſavoit l'idiôme
Comme ce brave Gentilhomme,
Cependant, las de haranguer,
Il lui tarde fort de voguer
Pour revoir Lutéce la belle,
Et punir ſon peuple rebelle.
Mille Anglais bien-tôt ſur ſes pas
Iront jouer des coutelas.
Les gars n'aiment que playe & boſſe,
Et vont aux coups comme à la nôce.

Le Comte d'Eſſex, qui jadis
Sur les Eſpagnols prit Cadix,
Qui leur donna les étriviéres
Sur la plus grande des riviéres ;
Ou pour parler plus congrument,
Deſſus le liquide élément :
Enfin, final ce pauvre Comte,
Auquel on donna ſon décompte
En lui faiſant ſauter le chef,
De ce détachement eſt chef.

Henri pourtant en rédingote.
N'attend plus que le Paquebote
Allez, lui dit Elizabeth,

Puiſſiez

Puiſſiez-vous comme un chien barbet,
Etriller ce vilain Philippe
Avec ſa groſſe & grande lippe,
Et le Pontife Exfranciſcain,
Qui n'eſt, entre nous, qu'un coquin!
Allez, vous dis-je, à leur rencontre,
Et Dieu vous garde de malencontre:
Mes ſoldats par-tout vous ſuivront,
Et, s'il le faut, au diable iront.
Si vous vainquez Mayenne, Rome
Vous tiendra pour un galant homme:
Vainqueur, Sixte vous benira;
Vaincu, le fat vous damnera.

Fin du Chant troiſiéme.

CHANT

CHANT QUATRIÉME.

TANDIS qu'avec la Reine il cause
De chose & d'autre, & d'autre chose,
Volois, constipé de frayeur,
L'accuse de trop de lenteur,
Et souhaite pis que la teigne
A cette Princesse bréhaigne.
(Car elle l'étoit, ce dit-on)
Il donneroit un ducaton
Pour n'avoir point de son beau-frére
Fait un Plénipotentiaire.

D'Aumale, Nemours & Brissac,
Saint-Paul, la Châtre, Canillac,
Tous six plus mauvais que chénilles,
Sont sans cesse après ses guénilles.
Entre eux étoit un fantassin,
Ci-devant Frére Capucin,
Nommé le Comte de Bouchage,
Tantôt libertin, tantôt sage,
Aujourd'hui Moine pénitent,
Demain un Soudart combattant.

Mais

Mais de cette clique brutale,
Le plus brutal étoit d'Aumale:
Avec son sabre à deux tranchans,
Faisant trembler les plus méchans;
Sur tout ce qu'il rencontre il frape;
Malheur à celui qu'il attrape.
Tel, dans ses appétits gloutons,
Un loup fondant sur des moutons,
Ou, pour rimer, telle une louve
En étrangle tant qu'elle en trouve.

　Un jour ; non, c'étoit une nuit,
Il pensa prendre au saut du lit
Valois dormant dessous sa tente;
Mais heureusement sa servante,
Qui lui repassoit un rabat,
Le tira hors de son grabat.
Le diable vous berce, dit-elle !
Vite enfilez-moi la venelle:
Il est bien tems de roupiller,
L'Ennemi va vous houspiller:
Vraiment vous n'avez qu'à l'attendre,
Ce d'Aumale est un gars fort tendre.
A ces mots, tout transi de peur,
Il se sauve comme un voleur,

Sans

Sans bas , fans fouliers , fans culotte ,
Son crâne pelé fans calotte ,
Et fon gros feffier découvert ,
Enfin comme un fot pris fans vert.

Pendant qu'il gagnoit à la toife ,
Vers Saint-Germain ou vers Pontoife ,
Ses foudars , encore endormis ,
A mort par milliers étoient mis.
Jà l'aurore débéguinée
Montroit fa face fafranée ,
Et Mornay précédant Bourbon ,
Découvroit déja Montfaucon
Et les clochers de Nôtre-Dame ;
Ce qui lui réjouiffoit l'ame.
Mais bien-tôt au bruit qu'il entend ,
Il fufpend fa joïe un inftant ;
Puis faifant troter fa cavale ,
Il vit ce joli bachanale ,
Et les foudarts de fes amis
Dont on faifoit d'affreux falmis.
Quoi ! s'écria-t-il en aveugle ,
Ou pour mieux dire en bœuf qui beugle ,
Souffrirez-vous , chers compagnons ,
Qu'on vous ampute les rognons ,

E   Sans

Sans leur rendre au moins la pareille,
Et leur abbatre quelqu'oreille ?
Que va dire le Roi Henri
Qui boit le *Rogum* près d'ici ?
Au nom d'un si grand Personnage
Tout le monde reprend courage,
Et de plaisir les Grenadiers
Jurent comme des Charetiers,
Jerni, ventre, mort, tête, sacre,
Avec leurs bonnets en Polacre,
Frapant du pié, grinçant les dents,
Ils font peur aux petits enfants.

Cependant le Roi de Navarre
Soudain paroît dans la bagarre,
Aussi brillant, aussi vermeil
Que lampe brûlant au soleil.
Allongeant son menton de grue,
Sur les escadrons il se rue ;
Et faisant d'affreux moulinets,
Fait sauter nombre de bonnets,
Bonnets ou chapeaux, peu m'importe.
Bref, il toucha de telle sorte,
Que l'Ennemi montrant le cû,
De vainqueur, devient le vaincu.

D'Au-

D'Aumale se casse la tête
A force de crier arrête.
Au diable qui veut l'écouter,
Henri vous les fait tous troter
Plus vîte que chevaux de poste :
Aucun ne garderoit son poste
Pour quatre-vingt-dix carolus,
Et pour quatre-vingt-dix fois plus.
D'Aumale, entraîné par sa basque,
Malgré ses dents, court comme un basque.
Tel d'un mont plus haut qu'un clocher,
Miné des eaux, tombe un rocher.
Le drôle pourtant se dégage
D'un coup de poing sur le visage
Qu'il donne à celui qui le tient,
Et comme un enragé revient.
Il en mit encor vingt à l'ombre ;
Mais bien-tôt accablé du nombre,
La camarde alloit le faucher,
Et d'ici-bas le dénicher,
Quand la Discorde, vieille gaupe,
Plus noire, dit-on, qu'une taupe,
Se mit au-devant de la faux,
Et fit porter le coup à faux.
Ce ne fut point par bonté d'ame

Que la Péque allongea sa trame,
C'est qu'elle avoit besoin de lui
Pour faire le malheur d'autrui.
A Paris elle le raméne
Avec six trous à la bedaine
De coups d'épée & pistolet.
Elle le panse du secret,
Disant, si j'ai bonne mémoire,
Quarante-deux mots de grimoire,
Qui des abïmes de l'enfer,
Malgré Cerbére & Lucifer,
Rendroient un homme à la lumiére
Dans sa forme & vigueur premiére.
Mais tandis qu'à cet éventé,
La Discorde rend la santé,
Elle lui souffle une étincelle
De son esprit, & l'ensorcelle.

Ainsi l'on sauve un garnement
Pour s'en servir utilement;
Et puis après on l'abandonne
A ce que le sort en ordonne.
Si sotte est la comparaison,
Qu'on la siffle, on aura raison.
Henri, parfaitement ingambe,

Joue

Joue à merveille de la jambe
A la pourſuite des vaincus,
Qui n'ont pas la goutte non plus,
Et qui le gagnant de vîteſſe,
Vont ſe renfermer dans Lutéce,
(Lutéce ou Paris, c'eſt tout un,
Ainſi que tabac ou petun.)
De tous côtés il les aſſiége
Comme des renards pris au piége.
Valois, revenu de ſa peur,
Preſſe Canonier & Sapeur,
Et plus fier que feu Mardochée,
En ſifflant monte la tranchée.
On leur donne aſſaut ſur aſſaut,
Si que l'aſſiégé fort pénaut,
Rebuté de la canonade,
Eſt prêt à battre la chamade.
Mayenne, en ce péril preſſant,
Se pendroit, s'il étoit décent
Qu'un Gentilhomme mourût comme
On fait mourir un vilain homme ;
(Vilain homme, veut dire ici
Un homme du néant ſorti ;
Car à la lettre un Gentilhomme
N'eſt pas plus gentil qu'un autre homme,

Et j'en ai connu plus de cent
Très-vilains, soit dit en paffant.)
Mayenne donc fe défefpére :
L'un lui redemande fon pere,
L'autre fon fils, & celle-ci
Lui redemande fon mari.
En un mot, las d'entendre braire,
Il alloit tout envoïer faire. . . .
Quand Dame Difcorde, à propos,
L'aborde & lui tient ce propos.
Il faut que tu fois un grand claude
De craindre un Peuple qui clabaude !
Eh morbleu ! ne fais-tu pas bien
Qu'il crie & s'appaife de rien ?
Dis que je fuis une bégueule
Si je ne lui ferme la gueule,
Et s'il ne t'eft pas déformais
Auffi dévoué que jamais.
Subito, l'horrible pucelle,
Secouant fon infecte aiffelle,
Plus rapidement qu'un éclair,
Prend fon vol & fe perd dans l'air.
Par-tout où paffe la carogne,
De fon haleine de charogne,
On eft fi fort empuanti,

Que

Que nez d'homme onc n'a rien fenti,
Dont le fumet abominable
A telle odeur fut comparable.
Le blond Phœbus d'horreur s'enfuit,
Et fe met en bonnet de nuit;
Et la foudre tellement gronde,
Qu'on croit que c'eſt la fin du monde.

La guénon aux pendans tetins
Arrive au Païs des Latins.
Elle découvre cette Ville
Jadis en Héros fi fertile,
Aujourd'hui fertile en Caffarts,
En faux-dévots, aux teints blaffarts,
En animaux porte-foutannes
Qui nous ménent comme des ânes.
Mais taifons-nous, trop grater cuit,
Ainfi que trop babiller nuit.
Si l'on veut voir leur caractére,
Qu'on life Monfieur de Voltaire:
Il les peint comme des vauriens,
A fa peinture je m'en tiens.
Lors le garde pourceaux d'Ancône, *
De Saint Pierre occupoit le Trône.

E 4   L'hon.

* Sixte-Quint.

L'honnête-homme que ç'eût été,
S'il eût eu de la probité !
Sous son Empire despotique,
La redoutable Politique
Commandoit dans le Vatican
Et sur les bords de l'Eridan :
C'est une cauteleuse Gouine,
Qui si bien les gens embabouine,
Qu'elle redresse les plus fins,
Et parvient toujours à ses fins.

A peine de son œil oblique,
La Discorde eût frapé l'optique,
Elle court lui sauter au cou
En souriant ; puis tout-à-coup
Prenant le ton de Jérémie,
Ah ! dit-elle, ma bonne amie,
Tout mon crédit est à vau-l'eau,
On a déchiré le bandeau
Dont je fascinois la visiére
De la gent crédule & grossiére.
Qu'est devenu le tems, hélas !
Où l'on prônoit mes almanachs ;
Où le Potentat, franche dupe,
Me baisoit le bas de la jupe,

Et

Et m'eût, si je l'eusse voulu,
Avec respect, baisé le cû?
Qu'est devenu ce tems, ma bonne,
Où je donnois une Couronne,
Et l'ôtois, quand il me plaisoit,
Comme j'eusse ôté mon toquet?
En vain je fulmine, je crie,
Le Sénat Français me décrie,
Et me fait passer en tous lieux
Pour un monstre pernicieux,
Pour une fille sans vergogne ;
En un mot, pour une carogne
Méritant le cheval de bois :
Il s'en mordra morbleu les doigts,
Le scélérat, le chien, l'infâme,
Ou je ne suis pas une femme.
Allons en France, sur les Rois,
Reprendre nos anciens droits.
Elle dit, & crac, d'un coup d'aîle
Part plus vîte qu'une hirondelle.

Loin des superbes Prestolets,
Des faux-diseurs de chapelets,
Des Prélats à grand équipage ;
Loin du fracas & du tapage

Notre

Notre mere Religion,
Evitant la contagion,
Vit dans une retraite obscure,
De nulle chose n'aïant cure
Que d'adresser au bon *Jesus*,
Soir & matin , ses *Oremus*.
Elle pétilloit en son ame
Pour Henri d'une sainte flâme.
Elle sait bien qu'un jour viendra
Qu'en ses bras elle le tiendra,
Et qu'ils seront unis ensemble ;
Mais ce jour loin encor lui semble.
Cependant qu'elle fait des vœux
Pour hâter cet instant heureux !
La Politique & la Discorde,
Toutes deux sans miséricorde,
La surprennent en trahison
Etant alors en oraison ;
Et lui dérobant sa chasuble,
La politique s'en affuble ;
Puis en cet équipage-là ,
La gouge en Sorbonne s'en va.
C'étoit en ce savant Concile
Que l'on expliquoit l'Evangile,
En Grec, en Latin, en Gaulois,

En

En toute forte de patois ;
Que par de doctes Commentaires
On obfcurciffoit les Saints Peres,
Et qu'on les faifoit radoter
En voulant les interprèter.

　　Du monftre la voix emmiellée
Prévient les cœurs de l'affemblée.
Elle offre aux uns de beaux rochets,
Aux autres des colifichets ;
A ceux-ci , pour faire gogailles ,
Ducats & louis de Noailles ;
A ceux-là des coups de bâton ,
Pour leur faire entendre raifon.
On difpute , on clabaude , on braille ,
On s'injurie , on fe chamaille.
Alors un vieux , au nom de tous ,
Fort incommodé de la toux ;
De la gravelle & de la goutte ,
Crie , en crachant , que l'on m'écoute.
A ces mots , un Docteur fit chut ,
Et le Confiftoire fe tut.
C'eft l'Eglife , dit le Druïde ,
Qui de l'état des Rois décide ,
Qui feule a le droit abfolu

De

De leur donner du pié au cû.
Or il eſt ſûr que de l'Egliſe
L'autorité nous eſt commiſe.
Ergo, du rôle de nos Rois,
Nous pouvons effacer Valois.
Après cet argument baroque,
Chacun opine de la toque.
La Diſcorde, qui fait le chic,
En fait faire un Décret public;
Et ſoudain d'Egliſe en Egliſe
Vole annoncer cette ſotiſe.
Sous le haillon de Saint François
Elle fait entendre ſa voix ;
Et s'adreſſant à la Moinaille,
Oïez-moi, dit-elle, canaille.
Le bon Dieu, qui m'envoïe ici,
M'a mis en main ce ſabre ci
Pour étriller les Hérétiques.
Hâtez-vous, quittez vos boutiques ;
Prêchez, comme article de Foi,
Qu'on peut couper la gorge au Roi.
Vous trouverez dans l'Ecriture
Quelques traits de cette nature :
Avec pareille autorité,
Vous pouvez tout en ſûreté.

Auſſi-

Auſſi-tôt les pieux Gavaches,
Arborant caſques & rondaches,
La rapiére ſur le côté,
Se diſperſent de tout côté.
Le Capucin, puant & ſale,
Trouſſé comme une martingale,
Son caſaquin bardé de fer
Feroit peur au diable d'enfer.
Au ſon de la tambourinade,
Cette cagote maſcarade,
Marche en heurlant d'un air altier
Les ſaints Cantiques du Pſeautier.

Mayenne tout haut les approuve,
Quoique de grands fous il les trouve;
Il ſait ce que ces fainéans
Peuvent ſur les petites-gens,
Et combien un Révérend Pere
A de crédit chez le vulgaire.
En effet, nombre de pendarts,
Réunis ſous leurs étendarts,
Ne ſongeant qu'à battre & qu'à mordre,
Mettent tout Paris en déſordre.
La Diſcorde entr'eux a choiſi
Seize coquins en cramoiſi,

Qui

Qui difputent avec Mayenne
De l'autorité fouveraine.
Le Sire n'en eft moult content;
Il faut qu'il le fouffre pourtant.
Ainfi fur l'onde la plus pure,
L'aquilon fait monter l'ordure;
Et tant qu'il plaît à l'aquilon,
On confond l'onde & le limon.

Pendant cet horrible tapage,
Thémis étoit toujours bien fage,
Et fon Sénat l'étoit auffi,
Comme il l'eft encore aujourd'hui.
De gens à pendre, une cohorte
De fon Temple entoure la porte.
Buffi, maître en fait d'efpadon,
Et grand danfeur de rigaudon,
Sous leur efcorte entre d'emblée
Au beau milieu de l'affemblée.
O ça, dit-il, mes beaux Meffieurs,
Qui faites ici les Seigneurs,
Et qui vous croïez par la robe,
Dignes de maîtrifer le globe;
Il faut filer doux, s'il vous plaît,
Sinon je vous hape au colet.

La

La Bourgeoisie avis vous donne
Qu'elle ôte aux Capets la Couronne,
Pour raisons qu'elle vous dira
Quand elle-même les saura.
Imitez Messieurs de Sorbonne,
Qui trouvent la chose fort bonne,
Quoiqu'ils n'en sachent, les vieux fous,
Là-dessus guéres plus que vous.
Le Sénat, à cette sémonce,
Ne dit mot pour toute reponse.
Bussi, de colére bouffi,
Mais de fraïeur un peu transi;
Allons, dit-il, à la Bastille....
Alors Harlay suit le soudrille,
Et chacun s'empresse à l'envi
D'aller en prison avec lui.
Muse, redis-moi, je te prie,
Ces noms si chers à la Patrie.
De Thou, Molé, Scaron, Bayeul,
Monsieur Potier, Monsieur Longueil,
Et tant d'autres que je ne nomme,
Vrais émules de ceux de Rome,
Sont traînés comme des goujats
Par cette race de Judas.
Mais las! quels sont les pauvres haires

Dont

Dont on ferre les jugulaires ?
C'eſt vous , Briſſon , Tardif, l'Archet,
Qui mourez au bout d'un lacet.
Conſolez-vous , dans nos Chroniques
Vous vivrez en lettres gothiques ,
Et ſerez toujours reconnus
Pour de fort honnêtes pendus.

Du deſordre enfin qu'elle excite,
La Diſcorde ſe félicite.
Les Badauts , entr'eux déſunis ,
Contre leur Prince ſont amis :
Et tout eſt en guerre civile ,
Tant au-dehors que dans la Ville.

Fin du Chant quatriéme.

CHANT

CHANT CINQUIÉME.

CEPENDANT aux murs de Paris,
On faisoit de larges pertuis.
Les Seize, le Peuple & Mayenne,
Et les noirs chanteurs d'Antienne,
Contre Henri brailloient en vain,
Le Sire alloit toujours son train.
Sixte avoit beau lancer son foudre,
C'étoit en l'air jetter sa poudre.
Les pauvres Badauts, aux abois,
Attendoient les Arragonois
Qui, comme lâches truandailles,
Chemin-faisant prenoient des cailles,
Et détroussoient tous les passans
Par maniére de passe-tems,
Dont le vieux Philippe-Deuxiéme
Se réjouissoit en lui-même.

Alors un Moine écervellé,
Ou pour mieux dire ensorcellé,
Un scélérat, sous la tunique,
De l'Ordre de Saint Dominique,

E   Fu

Fit un coup qui fembla d'abord
Pour quelque-tems changer le fort.
Clément, c'eft ainfi que l'on nomme,
Ce tant cruel & méchant homme.
A fon humble & dévot maintien
On l'eût pris pour un bon Chrétien;
Et ce n'étoit, à le bien prendre,
Qu'un coquin à rouer ou pendre.
La Difcorde fur ce gueux-là
De fon venin dégobilla.

Un jour, difant fa Kirielle,
Il s'écria, plein d'un faux-zèle,
Mon doux Jefus, *Libera nos*,
De ces fripons de Huguenots,
Que ton bras vengeur extermine
Cette abominable vermine.
Ecrafe, anéantis Valois
Et fon coufin le Navarrois.
La Difcorde, riant fous cape,
De voir qu'il mordoit à la grape,
Ne fit qu'un faut jufqu'en enfer,
Et fut fuplier Lucifer
D'envoïer de fon Confiftoire
Diable Idoine en l'art oratoire,

Pour

Pour induire le pénaillon
A quelque mauvaise action.
Soudain, de la sombre demeure,
Un Ange au teint couleur de beure,
Dont le fanatisme est le nom,
Part & suit la vieille guénon.
Le malin esprit se déguise
Sous la taille & les traits de Guise,
Un casque sur son chef cornu,
Et dans la main un sabre nu.
Le sang lui sort de la bédaine
Comme l'eau sort d'une fontaine,
Des horions dont autrefois
Le pauvre Duc mourut à Blois !
Ce fut en pareil équipage
Que cet infernal personnage
Vint trouver le Pere Clément
Faisant dodo paisiblement.
Il lui pince si fort l'oreille,
Qu'en sursaut le Moine s'éveille,
Réniant par F & par B,
Ainsi qu'un Charetier embourbé.
Jerni, si je prens ma sandale. . . .
Tous doux, Pere, point de scandale ;
Je viens à bon titre en ce lieu,

Et

Et je t'annonce de par Dieu
Qu'il choisit ton bras pour occire
Valois, ton Souverain, ton Sire.
Judith, pour son Païs, jadis
Au lieu d'un en eût tué dix.
Prens exemple sur son courage,
Arme-toi d'une sainte rage;
Et coupant le siflet au Roi,
Venge Rome, l'Etat & moi.
Qu'aucun scrupule ne t'arrête,
Assassiner est acte honnête;
Acte méritoire & parfait
Lorsque pour l'Eglise on le fait.
Hâte-toi donc pour son service
De consommer ce sacrifice.
Dieu te donne ce coutelas
Qui vaut un sabre de Damas,
Et trancheroit comme une plume
Un gros chêne, même une enclume.
Songe à bien faire ton devoir;
J'ai fait le mien : Jusqu'au revoir.
Pere Clément, saisi du glaive,
Avec joie aussi-tôt se leve;
Et d'un ton de Gargantua,
Dit *fiat voluntas tua.*

Que

Que votre volonté soit faite ;
Puis endossant froc & jaquette,
Et tout le Monachal harnois,
Le Béat sort en tapinois.
Une fanatique cohorte
Jusqu'à la galiote l'escorte :
Sous ses pas on jette des fleurs
De toute sorte de couleurs.
L'un veut toucher à son Rosaire,
L'autre baise son Scapulaire :
On tiendroit même à grand honneur
De baiser son postérieur.
Mayenne, qui sait quelque chose
Du coup auquel on se dispose,
Fait semblant de n'en savoir rien,
Espérant de s'en trouver bien.

Cependant, tandis que navigue
Ce méchant suppôt de la Ligue,
Les Seize font tourner le sas
Sur cet abominable cas.
Dans le fin fonds d'une carriére,
Des hiboux azile ordinaire,
Et des fripons par-ci par-là,
Leur Sinode affreux s'assembla.

A la

A la lueur obfcure & terne
D'une très-antique lanterne,
On voit un quartier de moilon,
En maniére de guéridon,
Tapiffé de groffes limaces :
C'eft-là qu'après maintes grimaces
Dont auroit changé de couleur
Le célébre Richard fans peur,
Et dont toute femme avant terme
Eût laiffé répandre fon gérme :
C'eft-là, dis-je, qu'un vieux Rabin,
Plus Grec que Madame Jobin,
Dans les fecrets de la Magie,
Des deux Rois plaça l'effigie.
Le Juif enfuite aïant lâché
Son eau dans un pot ébréché,
Et balbutié de mémoire
Dix ou douze mots du grimoire,
Compiffa tous les affiftans,
Qui n'en parurent moult contens :
Néanmoins ils fûrent fe taire,
De peur de troubler le myftére.
Aïant donc deffus le mufeau
A chacun flanqué de fon eau,
Et chacun compofant fa garbe,

S'étant

S'étant bien essuïé la barbe,
Subito, le sorcier d'Hébreu,
De tout son cœur rimant en Dieu,
Sur le pauvre Valois s'élance,
Ou du moins sur sa ressemblance;
Et d'un canif, je ne sais où,
Lui fait un large & vilain trou.
Les Seize suivent son exemple;
L'un lui donne un coup à la temple,
L'un à la panse, l'autre ailleurs;
Et certains mal-plaisans railleurs
De Bourbon barbouillent la mine
De ce qu'on nomme la plus fine.
Le maléfice opére enfin,
La lanterne tire à sa fin:
On entend gronder le tonnerre,
Et l'on sent frissonner la terre:
Mais chacun est bien ébahi,
Soudain paroît le Roi Henri
Avec sa barbe à l'escopette
Et son grand nez fait en trompette,
D'un gourdin les époussétant.
Au diable si pas un l'attend.
Ils courent tous comme des liévres,
La mort peinte dessus les lévres;

Et

Et fans regarder derriére eux,
Se fauvent de cet antre affreux.

La Parque pourtant, vieille rofle,
De Valois, par un coup atroce,
Alloit terminer le deftin.
Clément, ce grand fils-de-putain,
N'eft pas plûtôt hors de la barque,
Qu'il vole au logis du Monarque.
Il demande à lui dire un mot.
On lui fait croquer le marmot
Deux ou trois heures à la porte,
A ce que l'hiftoire rapporte ;
Car il avoit d'un vrai pendard
Et l'encolure & le regard.
A la fin cependant il entre ;
Et fe profternant fur le ventre,
Il tint au Roi ce beau difcours,
Dont il interrompit le cours
Quand il lui perfora la panfe.
Voici ce que c'eft en fubftance.
» Sire, de la part du bon Dieu,
(Ceci n'eft pas un conte bleu)
» Je viens t'annoncer pour nouvelle
» Que les Ligueurs en ont dans l'aîle.

» Les

» Les Sieurs Potier & Villeroi,
» Zèlés serviteurs de leur Roi,
» Travaillent de cul & de tête
» A te remonter sur ta bête.
» Harlay, du fonds de sa prison,
» Pour toi plus ardent qu'un tison,
» Dit qu'il veut bien être un jean-fesse,
» Et qu'en public même on le fesse,
» Si dans quatre jours tu n'es pas
» Réintégré dans tes Etats.
» Tien, lis si tu peux cette lettre
» Qu'en mes mains il vient de remettre.
Ah! dit Valois, faisant un saut
D'une demi-toise de haut,
Que n'ai-je dans mon escarcelle
De quoi récompenser ton zèle?
Mais par malheur pour le présent,
Je n'ai pas un double vaillant.
A donc d'une vûe attentive,
Lisant la fatale Missive,
Tout aussi-tôt le Papelard,
D'un grand coup de son tranche-lard,
Le pourfend depuis la culote
Jusqu'à deux doigts de l'épiglote.
Le sang sort & coule à plein seau

G   Comme

Comme couleroit un ruiſſeau.
Enfin, bref, pour tout dire en ſomme,
Sur le Moine on ſaute, on l'aſſomme.
Le coquin, plus gai que Pierrot,
Rit en pouſſant le dernier rot,
Comptant un jour groſſir la bande
Des Bienheureux de la légende,
Et qu'à la droite du bon Dieu,
Il ſe verroit aſſis dans peu.

Déja Valois à l'agonie,
S'acheminoit vers l'autre vie.
Ses gens autour de lui rangés,
Hurloient comme des enragés,
Tretous d'une voix unanime,
Qui tout de bon, qui pour la frime.
Pendant ce concert ennuïeux,
Henri chioit auſſi des yeux
Plus ſincérement que perſonne,
Quoiqu'il gagnât une Couronne,
Valois le voïant dans un coin,
Lui dit, torchez votre groin,
Et ceſſez, mon très-cher beau-frére,
De vous lamenter & de braire;
Car brayez & ne brayez pas,

Il faut que je passe le pas.
Grace à ce possedé de Moine,
Je vous laisse mon patrimoine,
Dont vous n'eussiez si-tôt tâté,
Si le maître j'en eusse été :
Mais de bon cœur je vous le donne,
Puisqu'il faut que je l'abandonne.
Au reste, je vous avertis
Que vous ne l'aurez point *gratis*,
A moins qu'à Calvin votre Apôtre,
Vous ne renonciez pour le nôtre,
Auquel cas vous aurez beau jeu,
Ou je ne suis qu'un sot. Adieu :
Je vous souhaite bonne chance,
Et Dieu vous gard' du mal de panse.
A ces mots, il fit un gros pet,
Et c'est le dernier qu'il ait fait.

A peine l'ombre du Monarque
De Caron a passé la barque,
Que ce ne sont plus dans Paris,
Que ripaillons, danses & ris,
Que fagots allumés aux portes,
Que plaisirs de toutes les sortes.
Mais bien-tôt Monsieur de Bourbon

G 2 Va

Va les faire changer de ton.
Il leur prépare une salade
Dont plus d'un sera bien malade,
Et dont maints preux Parisiens
Verront les champs élisiens.
Tous les Chefs redoutant son ire,
Le reconnoissent pour leur Sire,
Et promettent sous ses drapeaux
De ne point ménager leurs peaux.

Fin du Chant cinquiéme.

CHANT

CHANT SIXIÉME.

EN France, c'est un vieux usage;
Quand des Rois manque le lignage,
Que les trois Etats en commun
S'assemblent pour en élire un.
Ainsi Capet le Bourguemêtre,
Du Trône Français devint maître,
Lorsque Charlemagne & ses Hoirs
Furent au Royaume des Loirs.

La Ligue aveugle & sacrilége,
Veut profiter du privilége.
Des Villages & des Cités
Elle mande les Députés.
Le Lorrain se met en campagne,
Le Nonce & l'Envoyé d'Espagne,
Les Nemours, les Prêtres aussi,
Tous gens d'honneur, couci-couci.
Bref, cette troupe déloyale,
S'assemble en la Maison-Royale.
On n'y vit point ces Assesseurs
Des vieux Pairs dignes Successeurs;

Qui jadis Juges de la France,
Ne le font plus qu'en apparence.
On n'y vit point pareillement
Aucun Membre du Parlement.
Là, le Nonce bien à son aise,
Est mis le cü sur une chaise :
Près de lui, sous un baldaquin,
Mayenne tranche du faquin.
Déja les Partis, la Cabale,
Font un horrible bachanale.
L'un entend que la Royauté
Reléve de la Papauté,
Et qu'à Paris on établisse
Ce grand Tribunal d'Injustice
Où la Moinaille fait valoir
Son abominable pouvoir,
Où pour la moindre peccadille,
Comme cochons les gens on grille :
En un mot, où l'Ibérien
Souvent est rissolé pour rien.
Celui-ci gagné par Philippe
Moyennant quelque bonne nippe,
Brigue & remue en sa faveur,
Quoiqu'il le haïsse en son cœur.
Mais de Mayenne jà l'Altesse

Sur

Sur le Trône avoit une fesse,
Et bien-tôt son noble fessier
Y devoit être tout entier.
Soudain Potier, le meilleur Juge
Qu'on ait vû depuis le déluge;
C'est-à-dire, depuis long-tems,
Paroît aux yeux des assistans.
Chacun garde un profond silence,
Et voici comme il les relance.

Vous mériteriez bien, marauts,
Qu'on vous rompit à tous les os :
De quel droit par la mordondienne
Pensez-vous couronner Mayenne ?
Je sçai qu'il est bon compagnon,
Grand mangeur de soupe à l'oignon,
Grand voltigeur, bon géométre,
Tirant des armes comme un maître;
Je sai de lui mille autres biens.
Mais les Bourbons sont-ils des chiens ?
Et Monsieur Henri-Quatriéme
Est-il un pleutre, un nicodême ?
Mayenne à semblable oraison
Faillit à perdre la raison;
Ses yeux étincelloient de rage.

G 4   Potier

Potier n'en perdit point courage.
Oui, Prince, dit-il fiérement,
Voilà quel eft mon fentiment.
Si vous êtes par la naiffance
Un des plus gros Monfieurs de France,
Faites-le voir en défendant
Le véritable Prétendant.

Ouais ! j'entens la clameur publique ;
J'entens crier à l'hérétique :
Les Eglifiers, le glaive en main...
Arrêtez, race de Caïn,
Ou bien que le feu Saint Antoine
Vous arde jufqu'au péritoine.
Quoi ! parce que le Sieur Bourbon
Mange en Carême du jambon,
Vous ofez lui chercher querelle ?
Parbleu vous nous la donnez belle.
Eh ! que vous importe, entre nous,
Qu'il vive de chair ou de chous ?
Et qu'il croie, ou non, à l'hiftoire
Vraie ou fauffe du Purgatoire ?
Qu'importe qu'il tienne cachés
Ou qu'il révéle fes péchés ?
Vous qui faites les bons Apôtres,

Révélez-

Révélez-vous toûjours les vôtres?
Et les poulets que vous gobés.
Quelquefois les jours prohibés,
L'alléz-vous dire au Confiftoire ?
J'ai bien de la peine à le croire.
Laiffez donc, Meffieurs les Cagots,
Laiffez votre Maître en repos.
Pour n'être pas foumis à Rome,
Il n'en eft pas moins galant homme :
Vainement vous le ravalez,
Il vaut mieux que vous ne valez.
Après un difcours de la forte,
Chacun avoit la gueule morte,
Et nul n'étoit affez hardi
Pour luî donner un démenti.

Cependant un affreux tapage
Se fait entendre au voifinage:
On crie, aux armes, compagnons,
L'Ennemî pille nos oignons.
Le bruit aigu de la trompette,
Quelques coups en l'air d'efcopette,
Ne pronoftiquent aux Bourgeois
Que mifére & que rabajois.
Tel l'aquilon & le tonnerre,

Faifa

Faifant charivari fur terre,
N'annoncent rien de bon aux gens
Quand ils approchent de leurs champs.

Or, cet horrible tintamarre
Annonçoit le Roi de Navarre,
Qui venoit donner fur les doigts
Aux habitans du Badaudois.
Contre la coûtume ordinaire,
Sans cortége, fans luminaire,
Il avoit fait mettre uniment
Feu fon beau-frére au monument;
Non que ce fût par avarice,
Des Bourbons ce n'eft pas le vice;
Mais il lui tardoit d'être aux mains
Pour immoler fes affaffins.
Au bruit du branle qu'il prépare,
Chacun du confeil fe fépare.
Mayenne, armé d'un moufqueton,
Court du côté de Charenton,
Criant au Héros, & y avance
Avec ton habit d'ordonnance.

Paris, *in illo tempore*,
Etoit de foffés entouré;

Et

Et bien moindre par son ampleure
Et par sa beauté, qu'à cette heure
Ses murs, des bastions munis,
Faisoient la mouë aux Ennemis.
Bourbon faisant le saut de carpe,
Approche de la contrescarpe;
Car il étoit de son métier
Aussi bon sauteur que rétier.
Soudain à coups de carabine,
De part & d'autre on s'assassine.
Les canons bruyans & brutaux,
Font perdre aux murs leurs piés-d'estaux;
Et sous les éclats de la bombe,
Tout en capilotade tombe.
La mine aussi joué à son tour;
Le salpêtre se faisant jour,
Vômit dans les airs, par centaines,
Soudarts, Sergens & Capitaines.
Bourbon, plus fier qu'un Annibal,
Va là comme il iroit au bal,
Et ses Grenadiers en liesse
Comme ils iroient à la carmesse.
Mornay, dans ces chemins ardents,
Chemine en se curant les dents.
Le canon lui souffle aux oreilles,

Cepen-

Cependant il baye aux corneilles.
On crie, ah! je me meurs, à moi;
Il n'en est pas plus en émoi.
Un pétard au museau lui créve,
Mais à toute autre chose il rêve;
Et machinalement conduit,
Comme un barbet son Maître il suit.
Au chemin couvert on pénétre,
Du parapet on se rend maître :
Enfin, on comble les fossés
De fagots & de trépassés.
Sur ces trépassés on s'avance,
Et puis sur la brêche on s'élance,
Henri, comme un franc Grenadier,
Lestement monte le premier.
Jà sur le haut de la muraille,
Au bout d'une vieille ferraille,
Il a déployé ses drapeaux,
Dont les Ligueurs sont bien pénauts:
Tous gagnoient aux piés. Mais Mayenne,
En rimant en Dieu, les ramene.
Ils soufflent au poil à Bourbon,
Et l'on s'étrille tout de bon.
La Discorde, vieille bréhaigne,
Sur ses murs dans le sang se baigne.

Les

Les foudarts fe prenant au crin,
Difputent des mieux le terrein.
Dans la chaleur de la querelle,
Les coups tombent plus drus que grêle.
Tantôt les gens du Sieur Bourbon,
A fuir exercent le guibon;
Tantôt revenant à la charge,
Les Mayennois prennent le large.
Ce jour fut bien grand pour Henri,
Et pour Monfieur Mayenne auffi.
L'un & l'autre en cette rencontre
De fa capacité fit montre.
Cependant quelque mille Anglais,
Venant du Havre ou de Calais,
Sous le jeune Effex arrivérent,
Dont nos gens très-bien fe trouvérent;
Et dont les Ligueurs fûrement
N'eurent pas grand contentement.
Effex les conduit à la brêche,
Où d'Aumale, d'humeur revêche,
Combattoit comme un vrai lion,
Ainfi qu'Hector dans Ilion.
Tous deux pleins d'une ardeur égale,
Tous deux méchans comme la gale,
Coupant, brifant, taillant, rognant,

Mor-

Mordant , pinçant , égratignant.
Enfin , après tant de tapage,
De quel côté fut l'avantage ?
Il fut , grace à Dieu, de celui
Du fage & valeureux Henri.
Maugré Mons , Mayenne & d'Aumale ,
Le rebelle effraïé détale ;
Et le bon Roi le pourfuivant ,
A courir lui fait perdre vent.
Tel aux trouffes d'un pauvre liévre
(Lequel alors n'eft pas fans fiévre)
Un lévrier , dans les guérets ,
Tire parti de fes jarets :
Tel fur la colombe timide ,
Un milan fond d'un vol rapide.
De même le Seigneur Henri
Chaffe le Ligueur devant lui.
Mais Mayenne encor plus agile ,
Dit , fauve qui peut , & fait gile.
Les voilà dans Paris rentrés ,
Verouillés & claquemurés.
Bourbon , dans l'ardeur qui l'emporte,
Pénétre jufques à la porte.
Holà ! des haches & du feu ,
Et puis nous allons voir beau jeu.

Tandis

Tandis que ces mots il profére,
Soudain du haut de l'athmosphére,
Un Phantôme vers lui descend,
Non moins que Saint Christophe grand;
Et malgré cette taille énorme,
N'ayant pourtant rien de difforme.
Tout doux, s'écria-t-il, tout doux,
L'ami, modére ton couroux.
Ne te fais-tu pas conscience
De vouloir perdre la chévance
De tes ayeux qui sont au Ciel?
Fi, tu n'as point de naturel.
Que dis-je? C'est ton héritage
Que tu vas réduire au pillage!
Où diable iras-tu, pauvre oison,
Quand tu n'auras plus de gazon?
Arrête.... A cette remontrance,
Prononcée avec véhémence,
Le Soldat tremblant a recours
A Notre-Dame bon secours.
Monsieur Henri, tout au contraire,
Dit à l'Esprit, allez-vous faire;
Ou dites-nous de quel endroit
Vous arrivez, & de quel droit
Vous nous faites telle semonce?

Il entendit cette réponse :
Je suis le feu Roi Loüis-Neuf,
Et tu n'es, toi, qu'un sot, qu'un bœuf.
Ignores-tu que dans la France
Je suis un Saint de conséquence ?
Ah ! c'est vous, s'écria Bourbon,
Qui, de la peste ou du charbon,
Fûtes trépasser en Afrique,
Poussé d'un zèle Evangélique.
De vous voir je suis enchanté
A cause de la parenté.
Hé bien, mon très-honoré grand-pere,
Peut-on savoir quel vent prospére
Vous fait venir en ce bas lieu ?
J'y viens de la part du bon Dieu,
Dit Saint Loüis, & pour te dire
Que si tu veux être bon Sire,
Tu gagneras sur les Français,
Un jour à venir ton procès.
Le Héros, à ces mots, larmoie,
Non de tristesse, mais de joie.
Il balbutie entre ses dents
Un compliment de fort sens
Que personne ne put entendre.
Trois fois les bras il voulut tendre

Pour

Pour embraſſer mon cher Papa,
Trois fois ſa ſainte ombre échapa.
Cependant du haut des murailles,
Sur le Prince on tire à mitrailles.
Graces à la faveur du Saint,
Son pourpoint n'en eſt point atteint,
Il lui promit une chandelle
Quatre fois plus groſſe que celle
De la Notre-Dame d'Arras,
Qui toujours brûle, & ne fond pas.
Puis jettant l'œil ſur la grand'ville,
Adieu, dit-il, race incivile;
Puiſque rien ne peut te toucher,
Bonne nuit, je vais me coucher.
Adonc rengainant ſon olinde,
Sur ſa roſſinante il ſe guinde;
Et d'un air aſſez mécontent,
Vers Vincennes s'en va trotant.

Fin du Chant ſixiéme.

H   CHANT

CHANT SEPTIÉME.

LA nuit aïant d'un voile sombre
Mis tout notre hémisphére à l'ombre,
Et tout dormant, hors les jaloux,
Les choüettes & les filoux,
Henri, couché deſſus la dure,
Sans matelas, ſans couverture,
Dormoit d'auſſi grand appétit,
Que s'il eût été dans ſon lit.
Par l'ordre de Louïs, les ſonges,
Non les débiteurs de menſonges;
Mais les ſonges honnêtes-gens,
Sont autour de lui voltigeans,
Et chuchétant à ſes oreilles,
Lui promettent mons & merveilles.
Le Saint en ce moment lui met
Sur le front ſon Royal armet.
Mon fils, ſois, dit-il, Roi de France;
De mes hoirs comble l'eſpérance.
Régne ſur le peuple badaut,
Et méne-le moi comme il faut.
Mais ſouviens-toi que cet Empire

Des

Des dons de ton pere eft le pire.
Ce n'eft point affez d'être Roi,
Il te manque d'avoir la Foi.
Id eft, de croire au Saint Pontife.
Tiens, chevauche cet hipogrife,
Et fuis-moi jufqu'en Paradis,
Je te ferai voir du païs.
A ces mots, le couple s'envole
Plus vîte que les fils d'Eole,
Lorfqu'en belle humeur ce vieux fou,
Leur met la bride fur le cou.
Dans les efpaces qu'ils parcourent,
Que de Planettes les entourent !
Que d'étoiles, de tourbillons !
Ils les comptent par millions.
Que de Sphéres & de Cométes,
Avec leurs longues cadenétes !
Que de Mondes à l'infini !
Vertu-choux, Monfieur Caffini
Et le compére Fontenelles
Nous en auroient compté de belles,
S'ils avoient pû voir de leurs yeux
Un fpectacle fi curieux !

Par-delà cet efpace immenfe,

H 2   Le

Le Très-Haut fait sa résidence.
C'est-là que Bourbon suit Louïs ;
Là sont formés tous ces esprits
Qui sur terre en nos corps séjournent ;
C'est-là qu'à la fin ils retournent ,
Quand nos pauvres *individus* ,
Par la Camarde sont tondus.
En ce séjour des milliers d'Anges
Du bon Dieu chantent les loüanges,
C'est lui que chacun ici-bas
Croit connoître , & ne connoît pas ,
Que sous cent formes on déguise ,
Et que l'on adore à sa guise.
Du haut de son Trône il entend
L'orgueilleux Sectaire ergotant ,
Le Parpaillot , le Papimane ,
Le Musulman & le Brachmane ,
Tous tâchent d'attraper les sots
En leur débitant des fagots.
Devant lui , la grande Faucheuse
Au teint livide , à la dent creuse ,
Amène de tous les païs
Les mortels qu'elle a démôlis. *
Il les punit , ou les guerdonne,

Selon

* Terme d'argot, qui signifie tuer.

Selon que justice l'ordonne.
Ventre-saint-gris, disoit Bourbon,
J'y perds mon latin tout de bon.
Quoi, si j'avois reçû la vie
Dans l'Afrique ou dans la Turquie,
Si j'étois né Mahométan,
Je serois enfant de satan !
Et sans être autrement coupable,
Le bon Dieu m'envoyeroit au diable !
Ma foi, je n'en crois rien du tout,
C'est un conte à dormir debout.

Tandis qu'il parloit de la sorte,
Une voix extrêmement forte,
Du pié du Trône s'entendit ;
Et voici ce qu'elle lui dit :
» Paix-là, bavard impitoïable,
» Ne faites point tant le capable ;
» Et sans remuer le bourbier,
» Ayez la foi du charbonnier.
A l'instant un Zéphir l'embrasse,
Et l'emporte à travers l'espace
Dans le séjour le plus affreux
Qu'on puisse voir de ses deux yeux.
Ah ! quelle musique enrumée !

Quels

Quels cris! quels feux! quelle fumée!
Jerni, nous étouffons ici.
Qu'eft-ce, dit Bourbon, que ceci?
O mon fils, à cette caverne,
Reconnoiffez le trifte Averne.
Là le fripon & l'ufurier,
L'avare, le banqueroutier,
L'envieux, l'ingrat, l'hypocrite,
Bouillent dans la même marmite.

Le Héros, parmi ces Efprits,
Au petit pas fuivoit Louïs.
Ciel! quel eft le coquin qui grille
Couvert d'une fainte mandille?
Seroit-ce pas Jâques Clément?
Vraiment oüi, c'eft ce garnement
Que Paris comme un Saint révére
Pour avoir occis mon beau-frére.
Ventre-faint-gris, fur ce réchaud
Il doit avoir le cû bien chaud.
Je vois un cureur de gadouë
Qui nous fait une laide moüe.
Il fut, dit Louïs, autrefois
Sur terre un des plus puiffans Rois.
Ainfi l'Eternel humilie

Les

Les Potentats, dont la folie
Fut de traiter leurs citoyens
Comme les valets font les chiens:
Remarques-tu ce cû-de-jate
Qui s'allonge, bâille & se grate
En certains endroits indécens ?
C'eſt un de nos Rois fainéans,
Lequel ici, pour ſon ſuplice,
Toujours veille & rêve à la Suiſſe.
Regarde cet homme de bien
Qu'un diablotin feſſe ſi bien :
Il a l'encolure d'un cuiſtre,
C'eſt pourtant un Premier-Miniſtre.
Hélas! mon Dieu, que l'animal
A ſa Patrie a fait de mal !
Dans ce triſte & ſombre habitacle,
Dont ſi piteux eſt le ſpectacle,
Se trouvent auſſi par milliers
Des gens qui font de vieux ſouliers;
D'ennuyeux conteurs de fleurettes
Et des débiteurs de gazettes;
De ces nouvelliſtes enfin,
Déguénillés, mourans de faim,
De ces hableurs paſſant leur vie

Deſſous

Deſſous l'arbre de Cracovie. *
Ah ! dit Henri tout conſterné,
Autant vaudroit n'être pas né
Qu'être mis au pouvoir des diables
Pour des bagatelles ſemblables ,
Ou bien Dieu devroit empêcher
Les hommes de jamais pécher.
Dieu , dit Louis , ſur nos offenſes
Meſure & borne ſes vengeances.
Ne croi pas que… Mais ſur ce point ,
Motus , ne nous étendons point.
Je te dirois bien quelque choſe ,
Que pour raiſon dire je n'oſe ,
Et qu'aiſément tu comprendras
Si tu n'es bête à vingt carats.
Soudain l'un & l'autre s'avance
Vers le ſéjour de l'innocence :
Ce n'eſt plus un lieu ténébreux ,
C'en eſt un des plus lumineux
Et des plus charmans que l'on voïe.
La jubilation , la joie
Et tous les plaiſirs innocens

---

* Arbre du Jardin du Palais-Royal , ſous lequ
s'aſſemblent des brigades de fainéans pour y dét
ter des menſonges.

Y font litiére de tout tems.
Bref, c'eſt un pays de cocagne
Où Clovis avec Charlemagne,
Repoſant leurs *individus*,
Se font des contes ſogrénus.
Là le très-ſage Louïs-Douze,
Entr'eux aſſis ſur la pélouſe,
Leur en dit de Roger-bon-tems,
Des meilleurs & des plus plaiſans.
Son Miniſtre, Monſieur d'Amboiſe,
Qui rime ſi bien à framboiſe,
A ſes piés, plus gai que pinſon,
Se chatouille l'entre-feſſon.
Là ſont ceux qui pour la Patrie
Ne tinrent compte de leur vie;
La Trimouille, Montmorenci,
Cliſſon, de Foix, Gueſclin auſſi;
Jeanne-d'Arc, la brave Pucelle,
Et Bayard à côté d'icelle.
Ces Bienheureux, dit Saint Louïs,
Sur terre, comme toi, jadis
Ont fait mainte belle proueſſe:
En outre ils alloient à la Meſſe.
Prens exemple ſur eux, vas-y.
Tandis qu'il lui parloit ainſi,

I   Des

Des vieux deftins, l'ancien Louvre,
A fes regards *fubitò* s'ouvre.
Sur un Autel, un gros bouquin
Couvert d'un méchant maroquin,
A peu près femblable au grimoire,
De l'avenir contient l'hiftoire.
Voi, dit Louïs, dans ce féjour,
Voi ceux qui doivent naître un jour.
En voici dont la deftinée
Sera paifible & fortunée.
Ceux-là, dans la calamité,
Réduits à toute extrêmité,
Sans reffource, fans fou ni maille,
Se verront mourir fur la paille.
Ceux-ci feront des chénapens,
Ceux-là de fort honnêtes gens.
En voici qui fe feront pendre,
Quoiqu'ils faffent pour s'en défendre :
En voilà qui l'éviteront,
Et pourtant le mériteront.
Mais, viens, Dieu t'accorde la grace
De lorgner ta future race.
Ecce primo, Monfieur ton fils,
Le treiziéme du nom Louïs :
Il ne vaudra jamais fon Pere,

Ni

Ni son Successeur, je l'espére.
Qui sont, interrompit Henri,
Les deux Eglisiers que voici,
Tenant leur morgue au pié du Trône ?
Une garde les environne ;
L'un & l'autre a du Souverain
Les apparences & le train.
Ils le sont, dit Louïs, sans l'être,
En tutelle ils tiennent leur Maître ;
Et, sauve la comparaison,
Le ménent comme un pauvre oison.
Le premier, Richelieu s'appelle,
Des Politiques le modèle.
L'autre se nomme Mazarin,
De son métier grand Tabarin,
Et plus dangereux qu'un vipére.
Ah ! bon jour, Colbert mon compére,
Tu seras moins en crédit qu'eux ;
Mais, Dieu merci, tu vaudras mieux.
Graces à tes soins, dans la France
Les choux seront en abondance,
Ce qui dans la soupe est fort bon
Avec la coine de jambon.
Pour le coup, le voilà, le Sire, *

I 2   Dont

* Louïs XIV.

Dont fi beau doit être l'Empire.

Les lieux qu'éclaire le foleil

Ne verront jamais fon pareil :

Il aura la taille élégante,

Et danfera bien la courante.

Brave il fera comme un Céfar,

Et galant comme un Amilcar.

Il aimera les arts quelconques

Plus qu'aucun Prince qui foit oncques.

Après-lui je vois maints Bourbons

Qui feront de preux compagnons.

Je vois le Grand Condé paroître :

Jerni, quel homme ce doit être !

Turenne pourtant, que voici,

Ne fera pas moins grand que lui.

Catinat, dans la même claffe,

Remplira dignement fa place.

Celui-ci qui deffine un plan,

C'eft le Maréchal de Vauban,

Qui bâtira des citadelles

Des plus fortes & des plus belles.

Luxembourg fera diablement

Bifquer l'Anglais & l'Allemand.

Vois-tu ce vaillant Capitaine ?

C'eft le rival du Prince Eugène,

Villars,

Villars, qui doit du margouillis,
Tirer un jour ton petit-fils.
Voilà donc le Duc de Bourgogne,
Que la mortifére carogne
Nous ravira dans son printems :
Arrête, vieille gaupe, attens,
Pour notre bien, laisse-le au monde,
Ou que le diable te confonde.
Mais, ô jours de calamité !
Presque toute la parenté,
Tombant sous sa griffe maudite,
Sera mise en un même gîte.
Un pauvre petit Enfançon, *
D'icelle foible rejetton,
Deviendra la douce espérance
Du Trône ébranlé de la France,
Son peuple moult le chérira,
Parce qu'il le méritera.
De ce jeune & gentil Monarque,
Ce Héros ** conduira la barque,
Et la conduira tout des mieux,
Au grand regret des envieux.
La mordicante calomnie

* Loüis XV.
** Philippe Duc d'Orléans, Régent.

Voudroit en vain noircir ſa vie,
Des autres Princes il ſera
Le Phœnix, le *nec plus ultra*.
Quel ſpectacle frape ma vüë,
Dit Bourbon, ai-je la berluë?
D'Eſpagnols nombre de ſoudarts,
Réunis ſous nos étendarts,
Aux Germains déclarent la guerre.
Tout change, dit Loüis, ſur terre.
De l'ambitieux Charles-Quint
Enfin le lignage eſt éteint.
L'Eſpagne nous demande un Maître;
C'eſt un de nos hoirs qui va l'être.
Philippe... A cet objet Henri
Saute d'aiſe comme un cabri.
Alte-là, beau ſauteur de neige;
Qui t'a donné le privilége
De gambader en Paradis?
Pauvre nigaut, tu t'ébaudis,
Sans ſavoir ce qu'à ta lignée
Réſerve dame deſtinée.
Hélas! peut-être nos neveux
Se prendront un jour aux cheveux!
En ce moment, Bourbon vit trouble,
Comme un yvrogne qui voit double.

L'hui

L'hui des Destins se referma ,
Et le Paradis s'éclipsa.

Cependant de Titon, la gouge
Au teint jaune, vermeil ou rouge ,
Montroit son petit nez friand
Vers les portes de l'Orient :
La nuit, achevant sa carriére,
Lui tournoit son vilain derriére,
Et les songes, tristes ou gais ,
Bavards, discrets , hableurs, ou vrais ,
Sur les pas de la Moricaude ,
S'en alloient à notre Antipode.
Finalement , Monsieur Bourbon ,
S'éveilla frais comme un gardon.
Il parut devant son armée
Tout autre qu'à l'accoûtumée.
Son front étoit plus lumineux
Que n'est celui d'un bienheureux ,
Quand il apparoît face à face
A quelqu'un en état de grace.

Fin du Chant septiéme.

CHANT HUITIÉME.

LES Etats, triftes & confus,
Etoient lors diablement camus.
Au feul nom du Roi, les Pagnotes
Faifoient caca dans leurs culotes.
Mayenne, à leur tête pourtant,
Tranche toujours de l'important.
Au Confeil-de-guerre il affemble
Les principaux Ligueurs enfemble,
Les Lorrains, les Nemours, Briffac,
La Châtre, Saint-Paul, Canillac,
Avec l'Excapucin Joyeufe,
Du troupeau la brebis galeufe.
Ils font armés jufques aux dents:
Tubieu, comme ils font les fendants!
Chacun d'eux jure, crie & facre
Plus correctement qu'aucun fiacre,
Quoique tout fiacre ou charetier
Soit grand jureur de fon métier.
Or donc, tandis que les Belîtres
Incongrument caffe les vîtres,
La Difcorde, en beau berlingo,

Paroît

Paroît à leurs yeux tout de go.
Vivat, dit-elle , de la joïe,
Voici renfort qu'on vous envoïe.
Amis, prenez la balle au bond,
Jouez des couteaux tout de bon.

D'Aumale , tête fans cervelle,
Enchanté de cette nouvelle,
Prend fes deux jambes à fon cou,
Et court.... Voltaire ne dit où :
Ce fut , je crois , dans la campagne.
Il vit ce fecours de l'Efpagne ,
Depuis fi long-tems demandé ,
Depuis fi long-tems retardé.
Mayenne , fur fa haridèle ,
Vole vers eux à tire-d'aîle ,
Ou plûtôt à tire de nerf
Auffi diligemment qu'un cerf.

Près de ces lieux où nos Monarques
Vont gïter quand il plaît aux Parques,
Où l'on voit un fi beau tréfor
De bréloques de fimilor ,
Où de tartes & de talmoufes
On fe barbouille les frimoufes;

Près

Près de Saint-Denis, en un mot,
Des Espagnols paroissoit l'Ost.
Leurs harnois, leurs fers, leurs rondelles
Etoient plus brillans que chandelles,
Si que les yeux on en clignoit
Quand fixement on les bayoit
Le Peuple au-devant vient en foule,
Qui des Porcherons, qui du Roule,
Qui de la Cité, qui d'ailleurs,
Pour voir ces braves Batailleurs.
D'Egmont paroissoit à leur tête,
Piaffant comme un fils de fête.
Son géniteur eut le méchef
De se voir abbatre le chef,
Sur un échafaut, à Bruxelle,
Pour être entré dans la querelle
Du Flamand, son concitoyen,
Opprimé par l'Ibérien.
Ce Fils, qui ne méritoit guére
D'être issu d'un si digne pere,
Accabla son Pays de maux,
Et vint au secours des Badauts.
Sa Majesté le Roi Philippe
(Dont le souvenir me constipe,
Bien loin que j'en sois dévoyé)

A

A Paris l'avoit envoyé
Remettre le cœur à Mayenne,
Lequel étoit en grande peine ;
Et Mayenne, avec tel renfort,
Crut bonnement être affez fort
Pour froter le Roi de Navarre :
Mais, tarare pon pon, tarare,
Le pauvre nigaut qu'il étoit,
Sur ce fans fon hôte comptoit.

Au bord de l'Iton & de l'Eure,
Dont le poiffon fe mange au beure
Et à tout autre fauce auffi,
Eft un payfage fleuri
Où, grace aux foins de la nature,
Les chardons viennent fans culture,
Ce qui fait que par-tout ailleurs
Il n'eft pas de baudets meilleurs.
Les Bourgeois de ce lieu champêtre,
En paix, leurs bêtes menoient paître,
Et jouant du tambourinet,
Prenoient le tems comme il venoit.
Soudain la double armée arrive
Sur cette tant charmante rive.
Les eaux de l'Eure & de l'Iton,

De

De peur en eurent le friſſon.
Les Bergers bagage pliérent,
Et dans les buiſſons ſe muſſèrent :
Leurs femmes en firent autant ,
Leurs génitures emportant.
Hôtes de ces lieux pleins de charmes ,
Qui n'aimez point le bruit des armes ,
N'imputez pas au Roi Henri
Ce mal plaiſant charivari ;
Il ne l'aime pas plus qu'un autre ,
S'il combat c'eſt pour le bien vôtre.
Laiſſez-le faire , & vous verrez
Comment vous vous en trouverez.
Sur une jument plus fringuante
Que ne fut oncques roſſinante ,
Bourbon , galopant au grand trot ,
Parcourt tous les rangs de ſon Oſt.
On voyoit près de ſa perſonne
Les Mignons chéris de Bellone ,
Monſieur d'Aumont qui , ſous cinq Rois ,
Avoit endoſſé le harnois ;
Biron , de qui la renommée
Fleuroit comme beaume à l'armée ;
Et ſon jeune fils , qui depuis. . . .
Mais ne troublons pas l'eau du puis.

Sully,

Sully, Nangis, Grillon le brave,
Tous trois fableurs de vin de Grave,
Anti-Ligueurs déterminés,
Et fameux abbateurs de nez;
Henri Vicomte de Turenne,
Qui depuis d'une Souveraine *
Eut l'heur de manier à nû
Le corps blanquet, liffe & dodu.
Au milieu d'eux, comme un Saint George,
Le galant Effex fe rengorge:
Son cafque brilloit de carats
Pour la valeur de trois ducats,
Riche préfent dont fa Princeffe
Avoit honoré fa tendreffe.
Plus loin, foit d'Aval ou d'Amont,
On voit la Trimouille & Clermont;
Le malheureux Nefle & Feuquiéres,
Avec le chanceux Lefdiguiéres,
Et d'Ailly, pour qui ce jour fut
Un jour qui bien fort lui déplut.
Tous ces vivans, brûlans de mordre,
Près du Roi rangés en bel ordre,
Afpiroient après le fignal
Afin de commencer le bal.

Mayenne,

* Charlote de la Mark, Princeffe de Sedan.

Mayenne, en cet inftant critique,
Avoit un tantin la colique.
Sans doute, il fentoit fon malheur;
Mais contre fortune bon cœur :
Il fe chatoüille, le beau Sire,
Comme on dît, pour fe faire rire,
Et fait à l'Ennemi l'affront
De lui montrer faint Jean le Rond;
Il eft, fon gros vilain poftére,
Acte digne de vitupére.
D'Egmont cependant trépignoit,
Et de rage fes doigts rongeoit,
Jurant un peu plus que mordienne
Contre la lenteur de Mayenne.

Tel un jeune & fringant rouffin,
Que le maquignon tient en main,
Sentant la jument pouliniére,
Bat du pié, leve la criniére,
Et contre fon frein fe roidit,
Et d'impatience bondit :
Tel d'Egmont, & plus vif encore
Que cette fougueufe pécore,
Brûle d'exercer fon damas
Sur quelque tête ou quelque bras.

Il ne fait pas que la Camarde
Poire molle point ne lui garde,
Et que dans la plaine d'Ivri
Ce fera bien-tôt fait de lui.
Vers les Ligueurs enfin s'approche
Bourbon au menton de galoche,
Et s'adreffant à fes foudarts,
Bons compagnons & grands paillards:
» Vous êtes tretous nés en France,
» Graces à la Toute-puiffance,
» Et j'ai l'heur d'être votre Roi;
» Voilà l'Ennemi, fuivez-moi;
» Sur-tout donnez-vous bien de garde
» De perdre des yeux ma cocarde:
» Vendre-faint-gris, on la verra
» Dans les lieux ou chaud il fera.

  A cette guerriére harangue,
Qui n'ufa pas beaucoup fa langue,
Et partant ne fit point bâiller,
Chacun grille de chamailler.
Il pique des deux fa cavale,
Faifant une oraifon mentale.
Lors s'élancent en même-tems,
Des deux partis les combattans.

Ainfi

Ainſi l'on voit de fiers bouldogues,
Avec des yeux ardens & rogues,
L'un contre l'autre ſe ruer,
Et de la dent s'évertuer.
A coups de mouſquets & de brettes,
Et non à coups de bayonnettes,
Qui d'uſage encor n'étoient pas,
Force ſoudarts ſont mis à bas.
Avec ſa faux de mal-encontre,
La Vilaine par-tout ſe montre.
Le frére eſt par le frére occis,
Et le pere l'eſt par le fils.
A travers les feux & les flâmes,
Au milieu des tranchantes lames,
Sur les mourans, ſur les bleſſés,
Sur quantité de trépaſſés,
Le preux Henri pouſſe ſa roſſe,
Auſſi fier que Bourgeois d'Ecoſſe.
Mornay, plus vîte que le pas,
Le ſuit, & ne le quitte pas.
Ainſi jadis de Télémaque,
Dauphin du Royaume d'Itaque,
Mentor ſuivoit le beau deſtin;
Ainſi Saint Roch & ſon mâtin,
Grands amis en ce monde nôtre,

Ne

Ne trimoient jamais l'un sans l'autre.
Mornay donc aux trousses du Roi,
Fait troter son vieux Palefroi,
Et pare avec sa colismarde,
Les coups qu'à son Maître l'on darde:
Mais le bon Seigneur ne veut pas
De sang humain souiller son bras.

Déja Nemours, fuyant Turenne,
Suivi des siens, gagnoit la plaine;
Et devant le brave d'Ailly,
Les Ligueurs détaloient aussi.
Soudain un jeune Mousquetaire,
Autant brave que téméraire,
Sur l'œil enfonçant son bonnet,
Dans sa course l'arrêta net.
Lors l'un sur l'autre ils s'abandonnent,
Et Dieu sait comme ils espadonnent.
Plusieurs estocades de poids
Font mainte brêche à leurs pavois,
Plusieurs leur frisent les oreilles,
Ils les esquivent à merveilles.
Leurs flamberges à deux fendants
Ont déja quantité de dents:
Avec tant d'ardeur ils remuent,

Que comme des porcs ils en fuent.

A la parfin, d'Ailly le vieux

Détache un coup fi furieux

Sur les vertébes du jeune homme,

Qu'il l'étend par terre & l'affomme.

Par fa chute, fon bonnet cheoit,

Si qu'à découvert on le voit.

D'Ally le baïe à fon vifage:

O défefpoir! ô cris! ô rage!

Le quidam qu'à mort il a mis,

Hélas! mon Dieu, c'eft fon cher fils!

Il veut de cette même brette

Donner de l'air à fa luette;

C'eft-à-dire, fe dépêcher:

On a foin de l'en empêcher.

Le beau coup que je viens de faîre,

Ce dit-il, fe prenant à braire!

Je ne verrai plus mon fanfan!

Quittons ces lieux, allons-nous-en:

Et je veux bien qu'on me biftourne,

Si jamais ici je retourne.

Mais, quoi! quel bruit! quel cliquetis!

Quel tapage! quel abbatis!

Tous les Ligueurs prennent la fuite.

Qui

Qui diable les méne fi vîte ?
C'eft Biron, le gentil cadet,
Qui pique après eux fon bidet.

Arrête, dit d'Aumale, arrête;
Alte à la queuë, alte à la tête....
De par Mahom, où courez-vous?
Etes-vous donc devenus fous?
Vous, fuir! vous foudarts de Mayenne!
Allons, point de foibleffe humaine.
Suivez d'Aumale, ventrebleu,
A travers la flâme & le feu.
Lors Beauveau, fuivi de Foffeufe,
Et Saint-Paul, du Moine Joyeufe,
Raffemblent fous fes étendards
Un nombre infini de pendards:
L'on fe chamaille de plus belle.
Biron ne bat plus que d'une aïle;
En vain il foutient le torrent,
Il voit Parabére expirant;
Et parmi les morts, pêle-mêle,
Clermont, Feuquiére, Angenne, Nêle,
Lui-même, de coups tranfpercé,
Alloit être fait trépaffé....
C'étoit ainfi, mon brave Sire,

Que

Que tu devois te faire occire.
Bien-tôt le compére Bourbon
Sçut tout ce que risquoit Biron:
Il le chériſſoit, non en Prince,
Dont l'amitié ſouvent eſt mince,
Non en Potentat, non en Roi
Tenant toujours ſon quant-à-moi;
Mais en ami tendre & ſincére,
Ainſi qu'un Souverain n'eſt guére.
A grand'erre il trote vers lui.
Bien à point te vint tel appui,
Pauvre Biron; car la Camarde
T'alloit, d'un coup de hallebarde,
Flanquer dans le triſte mânoir
De Pluton au viſage noir.
Henri fait dans cette eſcarmouche
Quantité d'abreuvoirs à mouche,
Et ſauve Biron du trépas:
Puiſſe-t-il ne l'oublier pas!

Soudain la Diſcorde aſſaſſine,
Sonnant ſa terrible buccine,
Souffle aux Ligueurs de ſon poiſon,
Non pour un peu, mais à foiſon.
Monſieur le Chevalier d'Aumale

Cadet

Cadet à la patte brutale,
Par ces fanfares animé,
Ou, si l'on veut, envenimé,
Contre le Roi Henri se ruë.
Des Ligueurs vient une cohuë·
Qui lui souffle au poil de très-près.
Tels les brifauts, dans les forêts,
Excités par le cor de chasse,
Tiennent au cû d'un loup vorace,
Et malgré lui, malgré ses dents,
Vont toujours leur train le mordants.
De même, le preux Henri-Quatre,
Lequel est bien las de se battre,
Est assailli de toutes parts
Par deux ou trois mille Houssarts.
Saint Louis, du Louvre Céleste,
Voyant son péril manifeste,
Le rend si fort, que feu Samson
N'étoit rien en comparaison.
Quel carnage! Vierge Marie,
Qu'il fit une horrible türie!
Tandis qu'il exerçoit son bras
A mettre des membres à bas:
Egmont, hardi comme un Pandoure,
Se fiant trop à sa bravoure,

Oſa provoquer ſon couroux ;
Acte aſſurément des plus foux.

C'eſt avec moi , dit-il , compère ,
Qu'il faut joüer du cimetère.
Comme il lui faiſoit tel défi ,
D'un viſage d'orgueil bouffi ,
Adonc le foudre de Dieu gronde ,
Dont tremble la machine ronde.
Il crut ſottement , le bénêt ,
Qu'en ſa faveur le Ciel tonnoit.
A Bourbon un coup il affène ,
Lequel effleure ſa bédaine :
On en voit ſortir ſur le champ
Environ plein un dez de ſang.
Le Roi voyant ſa peau rougie
De cette grande émoragie ,
Se jette ſur ſon ennemi
Chamaillant en diable & demi.
Il fait ſi bien qu'il le renverſe ,
Et de ſa lame lui traverſe
Le ventricule , & par ce trou
Son ame fut je ne ſais où.
De l'Eſpagnol , cette nouvelle ,
Démonte auſſi-tôt la cervelle.

Chefs

Chefs & foudarts, chacun s'enfüit ;
Le Ligueur effrayé les fuit.
Toute l'armée eſt en déroute,
Au diable qui lors a la goute.
Le Fleuve d'Eure en avala,
Si tant qu'il en dégobilla.
Mayenne, en cette triſte affaire,
Ne perd point la judiciaire.
D'Aumale eſt près de lui rimant
Les gros mots ſcandaleuſement.
Tout eſt flambé, mon Capitaine,
Dit-il, notre perte eſt certaine.
Ventrebleu, mourons.... Animal,
Le reméde eſt pis que le mal,
Lui répond ſon couſin Mayenne,
C'eſt de l'onguent miton-mitaine.
Crois-moi, vivons juſqu'à la fin :
Va plûtôt avec Bois-Dauphin,
De nos gens épars, vîte & preſte,
Raſſembler le peu qui nous reſte ;
Et courons avec ces débris
Nous claquemurer dans Paris.
Cela dit, vers Lutéce il tire
Sans que d'Aumale oſe rien dire.
Cependant le Ligueur vaincu

Du Roi vainqueur baifoit le cû;
Hoc eft, imploroit fa clémence
Dans la plus humble contenance.
Henri de fon œil chaffieux
Lui jette un regard gracieux.
Ne crains rien, dit-il, de mon ire,
Sois libre, mais choifis un Sire :
Entre le Sieur Mayenne & moi,
Sans barguigner, explique-toi.
A ces mots chacun fe déclare
En faveur du Roi de Navarre;
Pour feul Maître on le reconnoît.
On jette en l'air toque & bonnet ;
On chante, on danfe, on fait ripaille,
On met fur cû mainte futaille.
La Courriére des vérités,
Tout ainfi que des fauffetés,
La Dame au cent petits yeux louches,
Aux cent oreilles, aux cent bouches,
Annonçoit à cor & à cri
Les exploits du papa Henri.
Le bruit en donna la colique
Au facré Chef Apoftolique :
L'Efpagne fort s'en affligea,
Et le Nord moult s'en gobergea.

O Ba-

O Badauts, ô Ligueurs, ô Prêtres,
O Porte-soutanes, ô Traîtres,
Vous fûtes en foule aux Saints Lieux
Offrir vos inutiles vœux !
Mayenne, plein d'espoir encore,
Au Peuple la pilule dore :
Il a beau faire, il ne sçauroit
De ses malheurs faire un secret.
La Discorde en frémit de rage :
Verrai-je périr mon ouvrage,
Ce dit elle, & sera-t-il dit
Que j'ai fait du mal à crédit ?
Verrai-je Bourbon Roi de France
En dépit de ma révérence ?
Maugrébleu rendons-le amoureux
De quelque fémelle aux beaux yeux.
Elle dit, & soudain s'envole
Dans une vieille carriole,
Et va de ce pas au séjour
Des doux plaisirs & de l'amour.

Fin du Chant huitiéme.

L   CHANT

CHANT NEUVIÉME.

SUR les bords heureux d'Idalie,
Lieux plus charmans que l'Italie,
Est un Palais fort respecté
A cause de sa vétusté.
Là les campagnes, les prairies,
Sont éternellement fleuries :
On y mange en toutes saisons
Des petits pois & des melons,
Force gibier, force marée,
Et autre semblable denrée.
De plus, en ce joli séjour,
Il est Dimanche chaque jour.
Monseigneur le Duc de Cithére
Y fait sa demeure ordinaire,
Ayant sans cesse à ses côtés
Un Régiment de Voluptés.
Rien n'est plus riant que son Temple
Lorsque de loin on le contemple ;
Mais malheur aux yeux indiscrets
Qui s'en approchent de trop près.
Ce n'est plus qu'un affreux spectacle,

Qu'un

Qu'un trifte & funefte habitacle
Des plaintes, des foins, des foucis,
Et de tous les maux réunis.
La fombre & maigre Jaloufie
A la face pâle & moifie,
L'air inquiet donne la main
Au foupçon fon frére-germain.
La Haine & fa Sœur la Colére,
Chacun au poing une rapiére,
La précédent en blafphêmant
Et reniant horriblement.
La Malice, d'un ris perfide,
Flâte cette race homicide.
Le Remors, pleurant comme un veau,
Les fuit fe torchant le mufeau.

C'eft-là qu'amour fait tant des fiennes
Contre les Chrétiens & Chrétiennes;
C'eft-là que ce fils-de-putain,
Vrai crocodille, vrai lutin,
Exerce fes poignantes fléches
Sur les cœurs tendres ou revéches.
Avec fes fréres, le paillard,
Jouoit lors à Colinmaillard.
Soudain la Déeffe Difcorde,

L'échi-

L'échine ceinte d'une corde
De deux groffiffimes ferpens
Longs de fix piés & trois empans,
Pénétre jufqu'au fanctuaire
De ce petit Dieu volontaire,
A quoi diable t'amufes-tu,
Lui dit-elle, cogne-fétu?
Ignores-tu qu'un certain brave,
Chez les Français tous deux nous brave?
Qu'il te traite de mirmidon,
Et fe moque de fon brandon;
Qu'il me traite, moi, de carogne
Plus puante qu'une charogne?
De par Dieu, mes nafeaux font nets,
Et ne font rien moins que punais;
Et je foutiens que mon haleine
Exhale odeur de marjolaine;
Je crois que mon gouffet auffi
N'a rien qui fente le ranci.
D'où diable donc veut-il, l'infâme,
Que puiffe puer une femme?
Mais ce n'eft point-là le grief
Qui le plus me brouille le chef.
Ce Paladin, ce méchant homme
Que Henri-Quatriéme on nomme,

Veut

Veut me couper la jupe au cû.
Mon frére, le souffriras-tu?
Lance-lui dans le diaphragme
De tes feux au moins une dragme;
Que sous tes chaînes, le vaurien
Gémiffe comme un galérien;
Qu'aux piés de quelque martingale,
Ainfi qu'Hercule à ceux d'Omphale,
Le pleutre faffe le calin,
Et file du chanvre ou du lin.
Qu'aux trouffes d'une Gourgandine,
Par monts & par vaux il chemine,
Comme fit Antoine autrefois,
Laiffant un très-beau bien bourgeois,
Pour courir la calanbredaine
Avec fa belle Egyptienne.
Va, mon frére, va, mon mignon,
Perfore-le jufqu'au rognon;
Et que de ce Jean-de-Nivelle,
Ton poifon gâte la cervelle.
Ainfi la falope parloit,
Et fes yeux de dogue rouloit.

L'amour cependant fe dodine
Dans un beau fauteuil d'étamine,

L 3   D'un

D'un coup de tête répondant
Comme feroit un Préfident.
Bref, il prend fes fléches dorées
Par la pointe bien acérées ;
Puis fendant le Ciel criftalin,
Vers la France il vole foudain.
Il fixe, en allant, fes prunelles
Sur les Châteaux des Dardanelles ;
Voifins du Pays Phrygien
Que fes feux ont réduit à rien.
Il voit Venife & la Sicile,
Les goufres de Carybde & Scyle ;
J'avois oublié l'Archipel :
Il voit auffi le Mont-Gibel.
Il voit d'un côté l'Italie,
Et de l'autre la Barbarie,
Et puis la moderne Sidon,
Où vécut la Reine Didon.
Enfuite à grand'erre il avance,
Et paffe les champs de Provence.
Près de l'Eure il découvre Anet :
Ah ! le charmant féjour que c'eft.
C'eft-là qu'une gente fémelle, *
Au beau cuir, à belle mammelle,

Avec

* Diane de Poitiers.

Avec Henri-Deux, ce dit-on,
Secouoit jupe & hoqueton.
Enfin, le Seigneur de Cythére
Auprès d'Ivri met pié à terre.
Le Roi, prêt d'aller autre part,
Braconnoit avant son départ.
Mille jeunes sauteurs de haie,
De grand appétit, d'humeur gaie,
Arpentoient avec lui les champs,
Prenans cailles aux chiens couchans.
Le fils de Madame Cyprine
Se grate le bas de l'échine
En voyant le papa Bourbon
Exercer ainsi le jambon.
Il huche la brigade folle
Des prisonniers du vieux Eole.
Soudain des nuages épais
Rendent le Ciel d'un beau noir géais.
On entend gronder sur sa tête
Le Précurseur de la tempête :
Les éclairs à maint bon Bourgeois
Font faire maint signe de croix.
Un diable de vent de galerne
Soffle au cû des gens & les berne.
Il pleut tant, qu'on n'a jamais vû

L 4   De-

Depuis Noé pleuvoir plus dru.

Henri, sans guêtres, sans capote,
Patrouille tout seul dans la crote.
Alors Monseigneur Cupidon,
Secouant son fatal brandon,
Par une lueur imprévûë,
Du Monarque frape la vûë.
Le pauvret, sans songer à mal,
Suit à tout hazard le fanal,
Comme quelquefois il arrive,
Ou peut arriver, que l'on suive
En voyant ces Feux-folets
Qui sont, je crois, des Farfadets,
Et font aux gens, tête premiére,
Faire le saut dans la riviére.
Depuis peu de jours, en ces lieux,
Un jeune tendron aux beaux yeux,
Dans un vieux mânoir de campagne,
Faisoit des châteaux en Espagne.
Elle attendoit son géniteur,
Qui du grand Henri serviteur,
Occupoit je ne sai quel grade,
Dans un Régiment de salade.
De ce jeune & joli tendron,

D'Es-

D'Eſtrée étoit le propre nom.
Du beau Paris, la Gourgandine
N'eut jamais auſſi bonne mine ;
Et celle qu'on prit pour Vénus
Sur les bords du Fleuve Cydnus,
La ſœur du grand Roi Ptholémée,
Pour ſa beauté tant renommée,
Auprès d'elle, en comparaiſon,
N'eût été qu'un petit chiffon.
Elle étoit dans cet âge tendre
Où toute femme eſt bonne à prendre.
Son cœur étoit tout neuf encor,
Et valoit bien dix louïs d'or.
Le fils de Dame Cythérée,
Qui veut ſurprendre la d'Eſtrée,
D'un enfant emprunte les traits ;
Et ſans flambeau, carquois ni traits,
Vient lui parler en cette ſorte.
On a vû, dit-il, à la porte
Mouillé, croté juſques au cû,
Celui qui Mayenne a vaincu :
C'eſt un vivant de belle garbe,
Portant mouſtache à croc & barbe,
Avec un demi-pié de nez
En Corbin des mieux contournez.

A la

A la séduisante peinture
De cette agréable figure,
Entre autre chose à la longueur
De ce nez de législateur,
La belle de plaisir se grate :
Elle se requinque à la hâte,
Met ses souliers de maroquin,
Endosse son beau casaquin,
Prend ses manchetes à dentelle
Et ses bas gris de filoselle ;
Et puis calamistrée ainsi,
Elle vole au-devant de lui.
Comme les yeux il écarquille
En voyant femme si gentille!
La peste ! qu'il est enchanté
De s'être à tel prix tant croté!
Bon jour, Sire, ce lui dit-elle.
Bon jour, ce répond-il, la Belle :
Vous portez-vous bien aujourd'hui?
Oüi, Sire, assez bien, Dieu merci.
J'en ai certes une joie extrême :
Pour moi ce n'en est pas de même;
Car j'ai tant & si fort couru,
Que je suis diablement récru :
Mais quand j'aurai dormi, j'espére

Que

Que je ne m'en sentirai guére.
Ainsi tous deux s'entretenans,
Et sous l'aisselle se tenans,
A la maison ils arrivérent,
Où tête-à-tête ils se gavérent
D'une très-ample soupe aux choux,
Ce que Henri trouva bien doux ;
Car c'étoit, dit-on, le potage
Lequel il aimoit davantage :
Aussi le Sire tant en prit,
Qu'il fut sur le pot toute nuit,
D'une terrible diarrhée :
Par bonheur pour lui, la d'Estrée
Entendant le bruit que faisoit
Son intestin qui se vuidoit,
Hucha sa grosse chambriére
Qui fut lui donner un clistére,
Dont il se trouva le matin
Gai comme Pierrot, & très-sain.

Cependant l'amour leur ébréche
Le cœur d'un même coup de fléche :
Ils sont tous deux amoureux fous
Ni plus ni moins que des matous :
Bref, ils sont unis l'un à l'autre

Com.

Comme deux grains de patenôtre,
Ou, si le terme n'est trop crû,
Comme la chemise & le cü.
Quelquefois pourtant, en son ame,
Henri donne au diable la Dame,
Brûlant de retourner au camp :
Mais, ainsi qu'un homme au carcan,
Le petit Dieu trouble-cervelle
Le retient aux chasses d'icelle.
Tandis donc qu'il passe en ces lieux,
Son tems à faire les doux yeux,
A le chercher chacun s'empresse :
Ses soudarts font battre la caisse,
Promettant de rémunérer
Ceux qui pourront le déterrer.

Saint Louïs, son Archi-grand-Pere,
Que sa conduite désespére,
A son secours envoïe enfin,
Du Paradis un Séraphin.
Il fut chercher un homme probe,
Non sous cette cafarde robe
Qui cache tant de fainéans
Révérés par les innocens :
Il le chercha sur cette Terre

Où

Où de Henry les gens de guerre,
En l'attendant, fabloient leur vin
A la fanté de Jean Calvin.
Le bon Ange rend fon meffage
Au Sieur Mornay, comme au plus fage;
Car il l'étoit plus que Platon,
Marc-Aurèle, & Monfieur Caton.
Ma foi c'étoit un honnête homme,
N'en déplaife aux cagots de Rome,
Qui valoit au moins cent ducats,
Quoique de la vache à Colas.
Il avoit l'ame franche & ronde
Plus que qui que ce fût au monde,
Rare & fublime qualité
En un homme de qualité :
En outre, il favoit très-bien lire,
Tailler des plumes & écrire :
Il haïffoit les Courtifans,
Les Maltotiers & Partifans,
Les Gourgandines & le refte,
Autant que la lépre ou la pefte.
Conduit par cet Ange de Dieu,
Mornay part & vole en ce lieu
Où Bourbon, auprès de fa Mie,
A fes dettes ne fonge mie;

Ce

Ce qui certes n'eſt beau ni bien
Pour une perſonne de bien :
Mais à cela que peut-il faire ?
Las ! il eſt pris , le pauvre haire ,
Et ſes yeux ſont ſi faſcinés ,
Qu'il y voit moins long que ſon nez.
L'amour découvre , avec colére ,
Mornay , le prudent émiſſaire.
Il lui lance ſur le jabot
Un effroyable javelot
Qui , contre ſa Jacque-de-maille ,
Se briſe comme un brin de paille.

Au fond d'un jardin potager
(Non , c'étoit au fond d'un verger)
Sur un gazon de verdurette ,
D'Eſtrée , avec Henri ſeulette
Jouoit à mille jeux divers ,
Et bayoit la feüille à l'envers.
De petits Amours , une bande
Danſoit auprès la ſarabande ;
Et leur faiſant maints tours malins ,
Rioient comme des Gobelins.
Tandis qu'ainſi Bourbon , en joie ,
Prend la grande & la petite oie ,

La

La Difcorde vole à Paris
Raffembler tous fes Ennemis.
Enfin, il voit fon cher Pilade
Qui, derriére une paliffade,
Se gliffoit comme un Ecureuil :
Il rougit jufqu'au blanc de l'œuil.
L'un de l'autre, en cette occurence,
Ils fembloient craindre la préfence.
Mornay l'aborde triftement,
Sans lui faire aucun compliment.
Bourbon, en homme de génie,
Sent ce que cela fignifie.
Foin de l'amour, dit-il, ami,
Ma foi, je m'étois endormi
Comme un jean .... dans cette demeure,
Décampons-en, & tout à l'heure.
La Belle vient d'aller piffer,
Profitons, pour nous éclipfer,
Du tems que nous laiffe la Cagne,
Et prefte gagnons la campagne.
Optimè, s'écria Mornay,
C'eft agir en homme bien né :
L'amour eft une bonne chofe
Quand on en prend légére dofe ;
Mais en prendre plus que fon fou,

Franche-

Franchement c'eft être trop fou.
Il dit ; & le Roi de Navarre
A faire gille fe prépare.
La d'Eftrée apprend le complot
Par fon valet Pierre ou Guillot.
Il me fuit donc le gripe-fauce,
Et compagnie ainfi me fauffe,
S'écria-t-elle en s'arrachant
Les cheveux & l'œil fe pochant,
Se meurtriffant toute la face
Et fon téton en calébace !
Ah ! fi la mort je ne craignois
Tout à l'heure je me pendrois.
Tandis que cette pauvre Amante,
En cette forte fe lamente,
Mornay, plus ferme qu'un recors,
Tient Bourbon par le jufte-au-corps,
Et lui fait, jufqu'à perdre haleine,
Jouer du jaret dans la plaine.
La Vertu trime devant eux ;
Et le petit Dieu mau-piteux,
Amour, avec fa courte honte,
Reprend le chemin d'Amathonte.

Fin du Chant neuviéme.

CHANT

CHANT DIXIÉME.

LE tems qu'avoit perdu Henri
A faire l'amoureux transi,
Avoit laissé reprendre haleine
Aux Ligueurs, ainsi qu'à Mayenne,
D'un nouvel espoir enivré,
Le Peuple à la joie est livré.
Mais bien-tôt cet espoir frivole,
Avec-leur courage s'envole.
Bourbon, que rien n'arrête, accourt,
Et l'on vit, pour le couper court,
Du haut des Tours de Notre-Dame,
Encor briller son oriflâme.
Il reparut au même lieu
Où le Saint envoyé de Dieu,
Saint Loüis son Archi-grand-Pere,
Lui fit rengaigner sa rapiére.
Déja ses soudarts, par leurs cris,
Jettent l'allarme dans Paris.
Les Ligueurs, auprès de Mayenne,
Tremblent tous la fiévre-quartaine.
Le Chevalier d'Aumale adonc

M   Leur

Leur dit, maugrébleu, qu'eſt-ce donc?
Vous qui faiſiez tant les bravaches,
N'êtes-vous plus que des gavaches?
Il eſt bien tems de nous cacher
Quand l'Ennemi vient nous chercher.
Mordienne, qui m'aime me ſuive:
Allons faire une tentative;
Et ſans faire ici les cagnards,
Abandonnons murs & remparts.
Vous qui m'oyez, fiers Anſpeſſades,
Vos Chefs feront vos paliſſades:
A ces mots, les Ligueurs lui font
La mouë, & pas un ne répond.
Eh bien! pourſuit-il en colére,
Allez donc vous faire lanlére.
Si vous tremblez pour vos pourpoints,
J'irai tout ſeul jouer des poings.
Lors, plein de l'ardeur qui l'emporte,
Le gars ſe fait ouvrir la porte.

Devant ſes pas marche un Héraut,
Criant d'un ton fier & fort haut:
Quiconque veut ſe faire moudre,
Et veut avec nous en découdre,
Qu'en ces lieux il vienne à l'inſtant,

Mon-

Monseigneur d'Aumale l'attend.
A ces mots , chaque Chef désire
De férailler contre le Sire.
Chacun , pour prix de sa valeur ,
Méritoit bien un tel honneur :
Mais Henri préféra Turenne.
Prens ce sabre à manche d'ébéne ,
Lui dit-il , & du fanfaron
Va me couper un paturon.
Soudain à ce brave Gendarme
Bourbon fait présent de son arme.
Soit , mon Prince , je remplirai
Votre attente , ou je ne pourrai ,
Répondit Monsieur de Turenne.
Puis du Roi baisant la mitaine ,
Vers d'Aumale il vole aussi-tôt ,
Et jusqu'à lui ne fait qu'un saut.
Le Peuple , & toute la Moinalle ,
De Paris , bordent la muraille.
Les Soudards du brave Henri
Sont en rang d'oignon près de lui :
Chacun au Ciel ses vœux adresse
Pour le Héros qui l'intéresse ,
Cependant des nuages gris
Couvroient la Ville de Paris.

Tout-à-coup quatre Efprits funèbres *
Vômis du féjour des ténèbres,
De d'Aumale, leur bon ami,
Veulent époufer le parti.

Au moment même un Ange arrive
Tenant en main branche d'olive,
Et fous l'atmofphére branlant
Un grand Malchus étincelant.
A l'afpect de cette allumelle,
Des Monftres, l'horrible féquelle
Fuit, & va fe remettre aux fers
Dans les noirs cachots des enfers.
Lors Bourbon ouvrant la barriére,
Les preux entrent dans la carriére.
Leur bras n'eft point chargé du poids
D'un incommode & lourd pavois.
Ils font armés à la légére,
Et n'ont en main qu'un cimetere.
Bref, Henri fur fa caiffe bat,
Et l'on commence le combat.
Quels fiers efcrimeurs ! Sainte Vierge !
Comme ils font joüer la flamberge !

Quel

* Le Fanatifme, la Difcorde, la Politique, & le Démon des Combats.

Quel feu ! quelle dextérité !
Que de force & de fermeté !
O, mon Dieu, les jolis Gendarmes !
Onc Maître ne fit mieux des armes.
D'Aumale est plus impétueux,
Plus ardent & plus furieux :
Turenne, modérant sa bile,
Est plus tranquille & plus habile ;
Sur ses ergots, bien affermi,
Il fatigue son ennemi,
Tant qu'à la fin au téméraire
Il évente la jugulaire.
D'Aumale tombe, & de l'Enfer
On entend cette voix de fer :
» Tout est flambé, la Ligue est morte,
» Le parti de Bourbon l'emporte.
Le Peuple y répond par des cris
Qu'on oit par-delà Saint Denis.
D'Aumale, étendu sur l'aréne,
Ose encore morguer Turenne :
Il veut jurer, & ne peut plus,
Quia vox hæsit faucibus.
Vers Paris la paupiére il léve,
Et faisant un hoquet, il créve.
Ainsi, pauvre Mayenne, hélas !

Tu vis trépaffer ton foulas.

Cependant, par la fauffe-porte,
Feu Monfieur d'Aumale on rapporte.
Miféricorde, comme il eft !
Qu'il eft méconnoiffable & laid !
Sa face de fang eft couverte ;
Et fa grande gueule entr'ouverte
Caufe telle peur aux Badauts,
Qu'ils en friffonnent jufqu'aux os.
Mais de bien pis, on les ménace,
On veut prendre d'affaut la Place.
Heureufement pour les ingrats,
De cet avis Bourbon n'eft pas.
Sans coup férir, le brave Sire
Compte par blocus les réduire ;
Et que le befoin de manger,
Les fera de note changer.
Enfin, la Ville eft inveftie,
Toute entrée & toute fortie
Sont interdites déformais :
Ils s'en gauffent, les Truands ; mais
Quand ils n'auront plus de quoi frire,
Point ne feront d'humeur de rire.
En effet, les vivres ceffant,

Et

Et la grande faim les preſſant,
Les dents d'un chacun s'allongérent,
Petits & grands merci criérent.
Le riche alloit, tendant la main
Comme un gueux, pour un peu de pain;
Le Soü-fripon crioit famine *
Léchant les plats dans ſa cuiſine.
Ce n'étoient plus ces grands feſtins,
Ces jeux, ces plaiſirs clandeſtins,
Ces paſſe-tems de toute eſpéce
Qu'ils ſe donnoient pour de l'eſpéce.
On les trouvoit quelquefois morts,
Ou mourans, ſur leurs coffres forts.
Là toute une famille entiére,
Dans la rage, meurt de miſére.
Ici, pour un tronçon de choux,
Les gens s'entraſſomment de coups.
Maïs ce qu'on aura peine à croire,
Quoique la choſe ſoit notoire,
Des offemens de trépaſſés, **
Pulvériſés & concaſſés,
Les malheureux s'alimentérent,

                                    Et

* Le Soûfermier.
** L'Ambaſſadeur d'Eſpagne donna ce
conſeil.

Et leurs peres les fubftantérent.
Cependant les bons Eglifiers,
Religieux & féculiers,
Contents comme des rats en paille,
Faifoient dévotement ripaille. *

Ils encourageoient les Badauts
A fouffrir conftamment leurs maux,
Et leur promettoient chére lie
Quand ils feroient en l'autre vie.
Ils leur prédifoient que bien-tôt
Ce feroit fait du Huguenot. * *
Las, par ces promeffes ftériles,
Ils engeoloient les imbéciles.
Paris nourroiffoit dans fon fein
Des treize Cantons un effain;
Peuple avare qui facrifie
A l'argent fon fang & fa vie.
Adonc les Suiffes & Grifons
Affiégeant toutes les maifons,

Non

* On trouva dans plufieurs Couvents, &
entr'autres chez les très-révérends Peres Ca-
pucins, toute forte de provifions de bouche
pour plus d'un an.

* * Le Roi.

Non pour forcer femmes ou filles,
Comme font souvent les foudrilles;
Ils avoient trop faim, les goulus,
Pour s'être alors ainsi pollus:
Ils songeoient en cette occurence,
Plus à la panse qu'à la danse.
Une femme, ô le vilain cas!
Le dirai-je ou dirai-je pas?
La pauvrette rongeoit le manche
D'un gigot ou bien d'une éclanche;
Voilà-t-il pas les inhumains
Qui l'arrachent d'entre ses mains!
Cette malheureuse fémelle
Avoit un fils à la mammelle.
Elle approche de ce fanfan,
Qui tend les bras à sa maman;
Et pleine d'amour & de rage,
Elle lui tient cetui langage:
Puisqu'il te faudroit à la fin,
Mon cher fils, périr par la faim,
Sers à ta mere de pâture;
Que son sein soit ta sépulture.

A ces mots d'un couteau d'acier,
Elle lui créve le gésier,

N   Et

Et le met à la carbonade.
Des Suiſſes, une autre brigade,
Ou la même, à l'odeur du rôt,
En ces lieux-là revient bien-tôt:
Pleins du diable, qui les emporte,
Les Ogres enfoncent la porte.
O mon Dieu, le ſpectacle affreux!
Cette mere s'offre à leurs yeux
Faiſant cuire ſa géniture
Pour en faire récarelure. *

Oüi, gripe-chapons, c'eſt mon fils,
Et c'eſt vous qui l'avez occis.
Ç'a donc croquez-nous l'un & l'autre,
Tigres, & de la viande nôtre
Guédez vos ſales eſtomacs.
Elle dit; puis d'un coutelas
Fait un pertuis à ſa poitrine,
D'où ſort de ſang plus que chopine,
Les Suiſſes, à cet acte fou,
Prennent leurs jambes à leur cou:
Au diable ſi pas un d'eux reſte,
Et ſonge à demander ſon reſte.
Le papa Bourbon cependant

Apprît

* Terme d'argot, qui ſignifie repas.

Apprît bien-tôt cet accident,
Dont il pleura comme une vache,
Et mouilla toute sa moustache;
Car le bon Sire n'étoit pas
Moins tendre que Maître Ænéas.
Ventre-saint-gris, de leurs miséres
Tirons, dit-il, les pauvres haires:
Je ne puis, sans affliction,
Voir telle désolation.
Dût-il m'en coûter mon Empire,
Je veux leur donner de quoi frire.
A l'inftant il leur dépêcha
Un trompéteur qui s'approcha
Jusques aux Portes de la Ville,
Et d'une façon fort civile
(Non fans avoir auparavant
Fait tantarare à perdre vent)
Leur offrir, pour faire gogaille,
Pain, vin, grosse viande & volaille.
Soudain les Badauts fe traînans,
Semblables à ces revenans
Qu'on voit fortir des cimetiéres
Affublés de draps mortuaires,
Le teint have, les yeux hagards,
S'avancent deffus les remparts:

On

On leur jette fur les murailles
Toute forte de victuailles.

Sont-ce donc-là ces chénapans,
Difoient-ils s'entreregardans ?
Eft-ce-là ce Roi de Navarre,
Ce Matamore, ce Barbare,
Ce Cannibale, ce Tiran;
En un mot, ce fils de Satan?
Hélas ! c'eft bien le meilleur homme
Qui foit de Paris jufqu'à Rome.
Ainfi parloient ces bonnes gens
Vuidans le hanap & mangeans,
Quand de Prêtres, une cohorte
Vint les chapitrer de la forte:
» Ah ! vraiment, Meffieurs les gloutons,
» Vous êtes de gentils mignons :
» Vous voilà donc en train de boire,
» Et de joüer de la machoire,
» Et c'eft un maudit Huguenot
» Qui vous empîfre le jabot !
» A quoi fongez-vous, miférables ?
» Vous vous damnez à tous les diables.
A ces menaces, les nigauts
Se jettent aux piés des cagots,

Et

Et maint d'eux en la Ville rentre
Au grand dommage de son ventre.
Alors Monseigneur Saint Louïs,
Qui, du plus haut du Paradis,
Voit ce que la Prêtraille brasse
Contre le soutien de sa race,
Et qui d'ailleurs fait que bien-tôt
Il ne sera plus Parpaillot,
Aux yeux du bon Dieu se présente,
Et d'une voix triste & dolente,
Lui tient à peu près discours tel:
Maître des Cieux, Pere Eternel,
Quand le Peuple, à son Roi rebelle,
Rengainera-t-il la guindrelle ?
Quand de la grife du démon
Sauveras-tu mon fils Bourbon ?
Ah ! permets que ton divin culte
Ne soit plus pour lui chose occulte:
Dessille son œil, & permets
Qu'il croie au Pape désormais,
Ainsi qu'à Monseigneur le Nonce,
Et qu'à Jean Calvin il renonce.
Dieu lui dit, faisant un souris,
Soit fait ainsi qu'il est requis.

Auſſi-tôt Henri-Quatriéme
Se ſentit tout autre en lui-même,
La Vérité le perfora
Juſques au cœur , & l'éclaira.
Il voit alors que la créance
Surpaſſe l'humaine ſcience ,
Et que l'homme , avec ſa raiſon ,
N'eſt ſouventefois qu'une oiſon.
Il reconnoît la ſainte Egliſe
Et les gens qu'elle canoniſe :
Bref , ſans éplucher le pourquoi ,
Aux ſaints Myſtéres il a foi.
Soudain , de la voute céleſte ,
Louïs , d'un air alégre & leſte ,
D'un rameau d'olivier armé ,
Deſcend vers ſon fils bien-aimé ;
Lui-même il le méne à Lutéce.
Tout à ſa voix tremble & s'abaiſſe :
Chacun reconnoiſſant Bourbon ,
Fléchit devant lui le jambon.
La Prêtraille a la gueule morte.
Des Seize , l'infâme cohorte ,
Sans tambour ni trompette , fuit
Ainſi qu'un larron qu'on pourſuit.
La Caſtille en fut allarmée.

Rome ,

Rome , au contraire , défarmée,
En fon faint giron le reçut.
La Difcorde au diable s'en fut ,
Et Mayenne au plus grand des Princes
Soumit fon cœur & fes Provinces.

F I N.

www.ingramcontent.com/pod-product-compliance
Lightning Source LLC
Chambersburg PA
CBHW051149260626
47170CB00005B/2022